acabus

A. A. Reichelt

Brezensalzer

Eine Bayernkomödie

acabus

Reichelt, A. A.: Brezensalzer. Eine Bayernkomödie
Hamburg, acabus Verlag 2018

1. Auflage
ISBN: 978-3-86282-512-7

Dieses Buch ist auch als eBook erhältlich und kann über den Handel oder den Verlag bezogen werden.
PDF-eBook: ISBN 978-3-86282-513-4
ePub-eBook: ISBN 978-3-86282-514-1

Lektorat: Theresa Saretz, acabus Verlag
Cover: © Annelie Lamers, acabus Verlag
Covermotiv: #141653106 | © Alexander Raths - Fotolia.com

Die Erzählung ist frei erfunden. Ähnlichkeiten mit wirklichen Personen oder Ereignissen sind nicht beabsichtigt und rein zufällig.

Bibliografische Information der Deutschen Nationalbibliothek:
Die Deutsche Nationalbibliothek verzeichnet diese Publikation in der Deutschen Nationalbibliografie; detaillierte bibliografische Daten sind im Internet über http://dnb.d-nb.de abrufbar.

Der acabus Verlag ist ein Imprint der Diplomica Verlag GmbH, Hermannstal 119k, 22119 Hamburg.

---

http://www.acabus-verlag.de
Printed in Europe

Für meine über alles geliebte Familie

Inhalt

Breze, die

Hochdeutsch: Brezel. Der Name der Breze geht auf das lateinische Wort für »Arm« zurück und weist auf die symmetrisch verschlungene Form hin. In Bayern wird es hauptsächlich als Laugengebäck mit Salz bestreut konsumiert, es sind jedoch auch andere Varianten im Gebrauch.

Brezensalzer, der

Abfällige Bezeichnung für eine Hilfskraft, deren Kompetenz als zu gering bewertet wird, um wichtigere Aufgaben zu übernehmen, wie etwa das Schlingen der Brezen.

Die neue Praxis

Alt.

Er wurde langsam alt.

Mehr konnte er zu solch früher Morgenstunde kaum denken.

Alt und fett.

Aber vor allem alt. Zehn Minuten saß er morgens zumeist auf der Bettkante, bis er genug Energie beisammen hatte, um sich zu erheben. An guten Tagen dachte er während dieser Zeit darüber nach, wie müde er war. Heute reichte es nur für drei Buchstaben, die ihm durch den Kopf gingen: ›alt‹.

Langsam erhob er sich und schleppte seinen Körper leicht humpelnd Richtung Bad. Nach der Morgentoilette war es Zeit, sich dem Frühstück zu widmen. Auf den letzten Metern vor der Küchentür konnte er seine Kinder aufgeregt plappern hören.

Da er alles andere als wach war, fiel es ihm schwer, diesen Geräuschpegel zu ertragen. Vor der Tür stehend holte er zweimal tief Luft und betrat anschließend die Küche.

»Hallo Papa!«, hörte er seine zwei ›Spätze‹ rufen.

»Morgen Kinder!«, antwortete er so fröhlich, wie er nur konnte. Als er dazu lächeln wollte, fühlte sich sein Gesicht wie das vom Joker aus den Batman-Filmen an:

leicht verzerrte Mundwinkel, kombiniert mit blasser Haut und zerrauftem Haar. Vor seinem geistigen Auge sah er den Superhelden auf sich zu sprinten, um ihm den Garaus zu machen. Diesen Gedanken abwehrend schüttelte er kurz den Kopf, wischte sich den Schlaf aus den Augen und setzte sich an den Frühstückstisch. Seine Frau gab ihm einen Kuss auf die Stirn und kredenzte ihm einen frisch gebrühten Espresso. Er trank diesen in einem Zug aus und starrte in das Innere der Tasse. Gab es etwas Deprimierenderes als den blanken Boden einer jüngst noch gut gefüllten Espressotasse?

»Na, hast wieder deine ›Bodensehdepression‹, Schatz?«, frotzelte sie.

Sie nahm ihm die Tasse aus der Hand und füllte sie an der Espressomaschine. Das Hinunterdrücken des Handhebels in Kombination mit dem auf Porzellan auftreffenden Heißgetränk war derzeit sein Lieblingsgeräusch. Er schloss die Augen und genoss es.

»Jetzt gib endlich die Butter her!«, holte ihn eine seiner Töchter aus seinen Gedanken.

Als er zu ihnen hinüber sah, hatte die Große der Kleinen gerade die Butterschale aus der Hand gerissen, woraufhin diese langsam die Mundwinkel zu verziehen begann.

»Brauchst doch nicht …«, versuchte er noch rechtzeitig einzuschreiten.

Zu spät. Seine Kleine heulte los.

»Uwäää!«

Ein ganz normaler Morgen.

›Frühstück 2.0‹ würde man es heute wohl nennen.

Eine Stunde später saßen seine Kinder im Bus zur Grundschule beziehungsweise zum Kindergarten. Sein Schatz war damit beschäftigt, die Wohnung zu putzen. Er selbst machte sich zum ersten Mal auf den Weg in seine neue Praxis. Oder zumindest in die Räume, die einmal seine Praxis beherbergen würden. Tags zuvor hatte er die Schlüssel bekommen. Nun galt es, die genaue Anordnung des Mobiliars festzulegen sowie entsprechende Ergänzungen vorzunehmen, wo nötig.

Mit 50 Jahren hatte er es gewagt, sich selbstständig zu machen. Einen eigenen Betrieb zu gründen. ›Midlife Crisis‹ hatten es seine Freunde genannt. Er solle sich ein schnelles Auto kaufen, hatte man ihm geraten. Die Haare färben. Oder sich einen Vollbart und lange Haare wachsen lassen. Doch er hatte weder Interesse an Sportwägen noch an aufwendigen Frisur- oder Bartexperimenten. Aber sein eigener Chef sein, das lag ihm schon eher im Blut. Und da ihn seine Ehefrau darin bestärkte, freute er sich nun auf den neuen Lebensabschnitt.

Der Fußweg zum künftigen Arbeitsplatz führte ihn nun durch einen Teil Pfarrkirchens, der nicht gerade ein Luxusviertel zu sein schien. Je weiter er in diesen Abschnitt seiner Heimatstadt vordrang, desto häufiger waren die Wände mit Graffiti beschmiert. Von manchen Fassaden bröckelte der Putz, was aber nicht verhinderte, dass an jedem Balkon mindestens eine Satellitenschüssel montiert war.

Er schritt weiter einen Hang hinab und erreichte nun seine neue Praxis. In dem Altbau befanden sich bereits drei weitere medizinische Einrichtungen. Ein Zahnarzt, ein Allgemeinmediziner und ein Heilpraktiker hatten sich dort niedergelassen. Nun kam also noch ein Osteopath dazu. Er besah sich die Türschilder der Kollegen. Allesamt hatten sie sich mit ihren Namen verewigt. Dies bereitete ihm schon seit seinem Entschluss, das Angestelltenverhältnis aufzugeben, Kopfzerbrechen. Sein Name war hierfür schlecht geeignet.

Als er durch den Haupteingang trat, sog er die Luft im Treppenhaus tief ein, um sich Mut für das neue Abenteuer zu machen. Es roch nach Zahnarzt. Ihm war ganz und gar unklar, was genau diesen Geruch erzeugte, aber die Herren Zahnärzte konnte er zehn Kilometer gegen den Wind riechen. Oder nicht riechen, je nach Betrachtungsweise. Er hatte furchtbare Angst vor Zahnbehandlungen. Unbewusst rieb er sich die Wange, als ob er dadurch die Erinnerung an das letzte Mal Bohren – „Nein, das ist so oberflächlich, da brauchen wir keine Spritze" – abwischen könnte. Schnell versuchte er, diese Gedanken zu verdrängen, erklomm die Treppe in den zweiten Stock, schloss die Tür zu seiner Praxis auf und trat ein.

Sein neues Reich.

Auch wenn der genaue Name des neuen Betriebes noch nicht feststand, es sollte sein Arbeitsplatz bis zur

Rente werden. Es gab einen Flur, in dem ein kleiner Empfang Platz finden würde, eine Toilette, ein Wartezimmer und einen Behandlungsraum. Alles war noch leer, doch auf dem nagelneuen Parkett durch die Räume schreitend, stellte er sich regen Therapiebetrieb vor. Es würde toll werden. Und sobald er sein Inventar abbezahlt hätte, würde er auch Geld damit verdienen. So der Plan.

Zunächst galt es aber, die Praxis einzurichten. Seine Frau würde in einer Stunde nachkommen und ihm dabei helfen. Bis dahin sollten die wirklich wichtigen Entscheidungen getroffen sein. Er versuchte also, sich die Tische, Stühle und all die anderen Möbelstücke vorzustellen. Doch sobald er damit anfing, den zweiten Raum gedanklich auszustaffieren, hatte er wieder vergessen, was er für den ersten geplant hatte.

Hilfe musste her.

»Für einen Mann kein Problem!«, dachte er sich und ging zur Toilette.

»Die besten Ideen habe ich sowieso auf dem Klo!« Er nahm das Toilettenpapier aus der Wandhalterung und grinste. »Sag ich doch!«

Während er seinen geplanten Behandlungsraum betrat, rollte er das Papier ab. Unter Zuhilfenahme seiner Armspannweite maß er zwei Meter, riss es von der Rolle und legte es auf den Boden. Gleiches tat er ein zweites Mal. Nun versuchte er, achtzig Zentimeter abzuschätzen, und bildete mit den beiden vorigen Papierbahnen ein Rechteck mitten im Raum.

»Fertig ist die Klopapierliege! Jetzt brauche ich noch einen Schreibtisch«, sprach er mit stolzem Gesichtsausdruck zu sich selbst.

Es dauerte nicht lange und er hatte das notwendige Inventar seines neuen Arbeitsplatzes aus dem ›Endlos-Taschentuch‹, wie er selbst es stets zu nennen pflegte, geformt. Für die kleineren Gegenstände hatte er zwar nicht mehr genug Rollen verfügbar, aber ein Grundgerüst war möglich.

Lustig sah es aus, zweifelsohne. Aber nun konnte er sich vorstellen, wie es sein würde, hier zu therapieren.

Ein Klopfen an der Tür holte ihn zurück in die Gegenwart.

»Schatz?«, hörte er die Stimme seiner Frau.

»Komm einfach rein!«

Stolz wie ein Spanier freute er sich darauf, seiner Frau die geniale Idee mit den auf dem Boden ausgelegten Toilettenpapiermöbeln zu zeigen. Doch als sie samt ihrer Boxerhündin Inara den Flur betrat, wehte der Durchzug – die Fenster waren gekippt – alles durcheinander. Er versuchte noch, wenigstens die ›Therapieliege‹ zu fixieren, doch scheiterte kläglich. Als Inara die Streifen aus Zellstoff fliegen sah, regte sich ihr Jagdtrieb. Sie machte einen Satz nach vorne und schnappte danach. Seine Frau hielt die Leine fest, rutschte aber auf einem Teil des ›Bürostuhls‹ aus und landete auf ihrem Allerwertesten. Innerhalb weniger Sekunden war die Arbeit einer halben Stunde zerstört. Mit offenen Mündern besahen sich beide das Unheil – seine

Frau auf dem Boden sitzend und er regungslos inmitten des Chaos stehend. Inara zerfetzte derweil die Zellstoffreste und wedelte eifrig mit dem Schwanz.

»Mei, das tut mir jetzt Leid, Schatzi«, entschuldigte er sich sofort und half seiner Frau beim Aufstehen. »Ich dachte, das mit dem Papier wäre eine gute Idee.«

»Ja … war es aber nicht! Wo ist denn die Toilette? Ich muss sowieso mal.«

»Gleich hier. Ganz neue sanitäre Anlagen. Wird dir gefallen.«

Sie schloss die Tür hinter sich, während er begann, die Fetzen aufzusammeln. Plötzlich hörte er seine Frau: »Wieso ist denn hier kein Klopapier?«

Tja, diesmal hatte er wohl doch nicht die beste Idee auf der Toilette …

Alte Freunde

Ein kleiner Umweg tat ihm gut. Der von seinem Schatz erteilte Auftrag, Semmeln und Brezen zu kaufen, hatte ihm den Fußmarsch durch das ›Glasscherbenviertel‹ Pfarrkirchens erspart, das sich leider zwischen seinem Haus und der neuen Betriebsstätte befand. Durch die Altstadt zu schlendern fühlte sich an wie eine Rückschau auf sein früheres Leben. Einige der Geschäfte, die sein damaliges Konsumverhalten geprägt hatten, existierten sogar noch: Der kleine Schreibwarenladen, in dem alljährlich die neuen Schulsachen gekauft wurden. Gab es etwas Schöneres, als einen neuen Malkasten? Oder der Buchladen, den jüngst ein alter Schulfreund übernommen hatte. Beinahe konnte er den Duft von Druckerschwärze riechen. Und die Bäckerei, die damals das allseits beliebte ›Zehnerl-Eis‹ führte. Mittlerweile müsste es allerdings ›Fünfundreißigerl-Eis‹ heißen. Wucher!

Seine Stammbäckerei betretend, sog er zunächst mit geschlossenen Augen den Wohlgeruch frischer Backwaren ein. Zu diesen kulinarischen Genüssen gesellten sich optische Verzückungen, als er sich schließlich umsah. Mohnschnecke, Bienenstich und Croissant. Käsebreze, Pizzastangerl und Weltmeistersemmel. All diese wundervollen Meisterstücke althergebrachter Handwerkskunst.

»Was darf's denn sein?«, fragte eine junge Bäckereifachverkäuferin.

Als er seinen Mund zur Antwort öffnen wollte, lief ihm ein Schwall eigenen Speichels aus dem Mundwinkel, streifte sein Kinn und landete anschließend auf seinem Hemd. Schnell schluckte er, entschuldigte sich und wischte sich das Hemd mit dem Handrücken ab.

»Kein Problem. Letzte Woche ham's eana aa scho voigsabbert[1].«

Gott sei Dank befand sich niemand sonst in Hörweite.

Hungrig einzukaufen schien keine gute Idee zu sein, insbesondere, da er seinen Speichelfluss noch nie so recht hatte kontrollieren können.

Nachdem die nette Frau hinter dem Tresen die dritte große Papiertüte vollgepackt hatte, wurde ihm klar, dass er seit geraumer Zeit dabei war, das Missverhältnis zwischen ›Augengröße‹ und ›Magengröße‹ zu korrigieren. Bald würden die Augen nämlich nicht mehr größer sein als sein Bauch, wie es ihm seine Mutter als Kind immer vorgeworfen hatte, wenn er nicht aufessen konnte. Darin unterschied sich ein All-inclusive-Buffet von den Kochkünsten seiner Mutter. Bei ihr durfte er bis heute nicht selbst entscheiden, wann er satt war.

Gerade als er bezahlen wollte, sah er den Bäckereihelfer im hinteren Teil des Verkaufsraumes ein Blech voller

---

1 Zu Hochdeutsch: Letzte Woche haben sie sich auch schon vollgesabbert.

Brezenteiglinge salzen. Ob man dafür eine Ausbildung brauchte? Seit Jahren dachte er über die Frage nach, warum die Gesellschaft manche Berufe hoch, andere niedrig bewertete. Beispielsweise werden Manager horrend bezahlt. Oder Fußballprofis. Männer, die einen Lederball in ein Netz treten können! Und die im Privatleben oft nur durch Skandale oder fehlende Manieren auffielen. Wohingegen Menschen, die andere pflegen, schlecht entlohnt werden. Oder Reinigungskräfte in Kliniken und Schulen. Deren Arbeit liefert einen in allerhöchstem Maß wertvollen Beitrag für die Gesellschaft. Und doch können sie von ihrem Gehalt kaum leben. Jüngst hatte er ein Interview mit einem Fußballer gelesen, der sich beklagte, zwei Spiele pro Woche zu bestreiten zu haben. »Beschweren kann er sich, wenn er mal vierzig Stunden im Schichtbetrieb spielen muss und dann nicht weiß, wie er seine Miete zusammenkratzen soll!«, hatte er damals wütend mit der Zeitung in der Hand gepoltert. »Irgendetwas stimmt heute ganz gewaltig nicht mehr«, war seine gedankliche Quintessenz. Oder eben der werte ›Brezensalzer‹, der seinen liebsten Backwaren gerade den letzten Schliff verpasste. Er selbst hatte vor einem Jahr beim Aufbacken tiefgefrorener Brezenteiglinge vergessen, diese mit dem dazugehörigen Salz zu versehen. Mit fatalen Folgen. Sie schmeckten einfach nicht. Gut, er war bei bayerischen Speisen wirklich empfindlich. Brezen waren neben Weißwürsten und Weißbier so etwas wie sein Grundnahrungsmittel. Eben deswegen schien ihm das Aufbacken und Perfektionieren von Lebensmitteln eine durchaus ehrenwerte und wichtige Berufstätigkeit. Doch die Menschheit im Allgemeinen teilte diese Haltung wohl nicht.

Bei all diesen Gedanken fiel ihm auf, dass der Mann, der nun das Brezenblech in den Backofen schob, nicht einmal eine Uniform der Bäckerei erhalten hatte. Die Verkäuferinnen zierten einheitliche Textilien. Doch jener arme Tropf musste sich seine Arbeitskleidung wahrscheinlich auch noch selbst bezahlen.

Als sich der Mann zu ihm umdrehte, erkannte er in ihm einen alten Schulfreund. Wieder einmal machte sich sein schlechtes Namensgedächtnis bemerkbar. Sepp, Xaver, Hans, Franzi? Damit könnte er neunzig Prozent eines bayerischen Stammtisches abdecken, aber der richtige Name schien noch nicht dabei gewesen zu sein. Er versuchte es mit einem neutralen ortsüblichen Gruß: »Griasdi!«

»Servus!«

»Arbeitest du hier?« Nachdem er die Frage gestellt hatte, erschien sie ihm nicht sehr intelligent.

»Ja, siehst du doch. Und du, was machst du so?« Er sprach hochdeutsch.

»Ich mache gerade eine neue Praxis für Osteopathie auf. Hier in Pfarrkirchen«, antwortete er und ärgerte sich sofort darüber, dass er auch selbst immer ins Hochdeutsche abrutschte, sobald er mit einem ›Preußen‹ sprach.

»Ich orientiere mich gerade neu. Deshalb salze ich den ganzen Tag über Brezen.«

Sein alter Freund schien sich dafür rechtfertigen zu wollen.

»Eh cool, oder? Ich liebe Brezen. Sorg nur schön für reichlich Nachschub. Mich ham's schon in der Schule immer Brezen-Sepp genannt, obwohl ich gar nicht Sepp heiße.«

Beim Gedanken an den alten Schulkiosk im Pfarrkirchener Gymnasium erinnerte er sich auch an den Namen seines Freundes. Er wollte ihn sogleich benutzen, damit er ihm nicht wieder abhandenkommen konnte.

»Du Fredl, das Salz, das du da benutzt, ist das ein besonderes Salz? Weil, wenn ich daheim Brezen aufbacke, dann schmecken die immer a bisserl, wie sag ich das jetzt, unterwürzt.«

Eine blödere Frage schien ihm nicht einzufallen.

»Ja, genau. Das lassen wir direkt für uns in einer Spezialkörnung liefern. Warte, ich bringe dir ein Säckchen voll.«

»Na na, des basst scho… «, wollte er dies noch verhindern, doch Fredl war bereits in der Backstube verschwunden. Mit einem kleinen Papiertütchen des Würzmittels kam er zurück und überreichte es ihm.

»Vergelt's Gott!« Er nahm es entgegen und steckte es in seine Jackentasche.

»Wenn das jetzt einer gesehen hat, dann heißt es wieder, wir Bayern leben hinterm Mond. Als ob wir noch mit Salz zahlen würden.«

Sie mussten beide lachen.

»Servus!«

Nachdem sie sich verabschiedet hatten, verließ er den Laden und freute sich auf die bevorstehende Brotzeit.

»Da Fredl, magst es eh net glauben ...«, brummelte er noch vor sich hin. »Der alte Casanova. Schenkt er mir Salz. Schade, dass er nicht beim Metzger arbeitet.«

Beim Abendessen erzählte er von seiner Begegnung in der Bäckerei.

»Heute habe ich einen alten Schulfreund getroffen. Der macht jetzt so einen Hilfsjob. Bäckt Brezen auf und sowas. Als ich ihn vor ein paar Jahren mal getroffen habe, hat er noch in der Bank gearbeitet.«

Seine Frau saß ihm mit einem Salatteller gegenüber. Wie sie dem Geruch seines Leberkäses standzuhalten vermochte, würde er nie verstehen.

»Du sagst doch immer, dass jeder Job ehrenwert ist, der die Familie ernährt. Dass es keine schlechten Arbeitsstellen gibt.«

Diese Argumentation hatte er tatsächlich schon oft angeführt.

»Ja schon. Hast vollkommen recht.«

»Und letztens hast dich über die Banker beschwert. Dass es anrüchig ist, mit Geld Geld zu verdienen.«

Seine Frau war einfach eine zu gute Zuhörerin.

»Ja, da hab ich halt gerade die Zinsabrechnung bekommen. Ist ja auch egal.«

Den Abend verbrachten sie vor dem Fernsehgerät, die Füße auf dem Tisch und die Augen geschlossen. Keiner der beiden sah mehr als zehn Minuten des Beitrags über die

Einwanderung einer giftigen Spinnenart aus Südeuropa, bevor sie im Sitzen eingeschlafen waren, den Kopf über der Rückenlehne in den Nacken gelegt. Selbst die Boxerhündin Inara lag auf dem Rücken. Alle drei schnarchten sie im Takt.

Alt.

Sie wurden wohl alle langsam alt. Zumindest die humanoiden Anwesenden.

Alte Plagen

Er kniete hinter seinem Sofa.

Bumm – bumm – bumm.

Wie in einem Kriegsfilm konnte er ihre Schritte hören.

Bumm – bumm – bumm.

Sie kamen näher. Er zog seine Waffe und entsicherte sie. Sollten sie es tatsächlich wagen, den Raum zu betreten, würde er sie mit einem Magazin Hohlspitzgeschosse empfangen. Auf den Türgriff starrend, bemerkte er eine Bewegung. Er schoss durch die Holztür. Doch was war das?! Es kam nur Salz aus der Pistole!

Er drückte erneut ab. Wieder nur eine Prise Salz!

Die Tür wurde nur einen kleinen Spalt geöffnet und eine Handgranate rollte auf ihn zu.

Bumm – bumm – bumm.

Als er die Augen öffnete, sah er durch die offene Schlafzimmertür seine jüngere Tochter in seinen viel zu großen Bergstiefeln durch den Flur poltern. Dicht gefolgt von der Großen in Mamas Highheels. Als Letzte hechelte die Boxerhündin Inara im ›Halbgalopp‹ hinterher. Damit war klar, woher sein seltsamer Traum rührte. Die drei waren zu einer Spielgruppe geworden. Egal welchen Zeitvertreib sie gerade genossen, der Haderlump von Hund war immer mittendrin.

Wochenende. Und Ferienbeginn.

Weil seine Praxis erst in vier Wochen öffnete und die Kinder nicht zur Schule beziehungsweise zum Kindergarten mussten, hatte er länger geschlafen. Aber als ihm der Blick auf die Uhr verriet, dass es bereits elf Uhr war, versuchte er, sich aus dem Bett zu schälen.

Bumm – bumm – bumm.

Der Pulk kam wieder an der Schlafzimmertür vorbei. Nur, dass die Kleine jetzt auf einem Hüpfball vorwärts sprang und die Große auf einem Rutscheauto hinterherfuhr. Inara hatte seinen Bergstiefel im Maul. Sie blickte zu ihm herüber, ließ den Schuh fallen und lief schnell hinter den Kindern her. Sollte sie endlich verstanden haben, dass Schuhe kein Spielzeug oder Fressen waren? Wohl eher nicht …

Nachdem er das Bad aufgesucht hatte, freute er sich auf einen frisch gebrühten Espresso und die tags zuvor gekauften Backwaren aus Fredls Produktion. Schwungvoll öffnete er die Küchentür, hungrig und durstig. Doch was er sah, ließ ihn stutzen. Auf dem Tisch stand nichts zu essen. Scheinbar war der ›Frühstückszug‹ abgefahren – seine Frau hatte die Nähmaschine aufgebaut und war damit beschäftigt, seine Hosen zu ändern. Es hatte also doch etwas mit seinem Appetit zu tun, wenn auch nur indirekt.

»Gibt's heute kein Frühstück?«, fragte er seinen Schatz.

»Doch. Vor drei Stunden. Du kannst aber gerne einen Espresso trinken. Ein paar Brote sind auch noch im Korb.«

»Wieso Brote? Wo sind denn die Semmeln und Brezen, die ich gestern gekauft habe?«

Die Enttäuschung war durchaus hörbar.

»Eingefroren. Das ist unsere Verpflegung für die Anreise zum Flughafen, wenn wir nach Sylt fliegen.«

Jetzt verstand er auch, warum seine Frau so viele Sachen in Auftrag gegeben hatte. Die Autofahrt zum Flughafen sowie die Zeit bis zum Einchecken und Boarding summierten sich von Pfarrkirchen aus zu einer halben Ewigkeit. Nicht nur die Kinder würden während dieser Zeit regelmäßige Brotzeiten zu schätzen wissen.

Notgedrungen schmierte er sich also ein Marmeladenbrot, brühte sich einen Espresso und setzte sich damit an den nähutensilienfreien Wohnzimmertisch. Nachdem er sich gestärkt hatte, plante er seinen weiteren Tag.

Zunächst würde er die Praxis aufsuchen und seine Liste mit den Gegenständen vervollständigen, die er noch anzuschaffen hatte. Anschließend hatte er ein Vorstellungsgespräch mit einer potentiellen Fangohilfe geplant. Diese sollte seine Terminvereinbarungen abwickeln, Rechnungen schreiben und Nebenanwendungen wie Warmpackungen oder Bäder durchführen können. Und natürlich würde sie besonders intensiv in die Bedienung der Espressomaschine eingewiesen werden. Gewissermaßen als wichtigste Aufgabe des jeweiligen Tages.

Ein Vorstellungsgespräch – erstmals als Arbeitgeber.

Niemals würde er es eingestehen, aber er verspürte ein gehöriges Maß an Nervosität. Schon, als er die Kleidung für den Tag festlegen wollte, schwankte er zwischen Anzug und Shorts. Da er sich aber weder wie ein Manager, noch wie ein Bademeister am Strand von Malibu fühlen wollte, wählte er den goldenen Mittelweg: Jeans und T-Shirt.

Er verabschiedete sich von seiner Familie. Die Kinder versuchten gerade, auf der Boxerhündin zu reiten, die sich aber glücklicherweise der Spielgefährten sehr wohl zu erwehren wusste. Seine Frau war immer noch in seine zu eng gewordenen Hosen vertieft. Drei Küsse von seinen liebsten Damen und ein durch die Boxerhündin vollgesabbertes Ohr später, trat er durch die Haustür ins Freie. Er sog die Sommerluft ein und genoss den schönen Garten um sein Hanghaus. Obwohl sie sich mitten in der Urlaubszeit befanden, in der die Bauern seiner Wahrnehmung nach am häufigsten düngten, hatte man seit Wochen darauf verzichtet, die angrenzenden Felder mit den ›atmosphärischen Todesmaschinen‹ stinkenden Tierexkrementen preiszugeben. Gut, der Rasen könnte wieder einmal gemäht werden, aber da seine Frau mit Nähen beschäftigt war und er selbst sämtliche Arbeiten verabscheute, bei denen man schmutzige Hände bekam, würde dieser Zustand noch etwas anhalten. Die Wolkenformationen betrachtend flanierte er Richtung Gartentor.

Knack!

Ein Blick nach unten verriet, dass er eine Schnecke zertreten hatte. Ihm ging ein Stich durchs Herz.

»Mei, entschuldige! Du armes Viecherl …«, sprach er mit dem Tierchen. Es tat ihm wirklich leid. Insbesondere, da er nun die Überreste beseitigen musste, weil seine Kinder sonst das Malheur irgendwann finden und darüber zutiefst traurig werden würden.

Er holte sich ein Blatt von einer Sonnenblume, die die Kinder am Wegesrand gepflanzt hatten, und wischte die Reste der Schnecke und ihres Hauses auf. Direkt daneben befand sich eine Nacktschnecke. Er musste schmunzeln.

»Gell, so ist es mit den Frauen. Erst schleimen sie dich voll und dann hauen sie mit dem Haus ab.« Er richtete sich auf und nickte der Schnecke wissend zu. »Aber ich hab sie erwischt!«

Als er das Sonnenblumenblatt im Beet entsorgen wollte, spürte er an seinen Händen etwas Nasses, Schleimiges. Er musste sich dazu durchringen, hinzusehen. Tatsächlich. Der meiste Schneckenschleim war auf seiner Hand gelandet. Das Blatt hingegen wirkte regelrecht jungfräulich.

»Pfui Deifi!«, entfuhr es ihm.

Sofort kämpfte er mit seinem Würgereiz. So schnell er konnte, drehte er sich um und kehrte ins Haus zurück. Schnurstracks steuerte er die Toilette an und wusch sich die Hände.

»Wo hast denn jetzt wieder reingelangt?«, hörte er seine Frau aus der Küche rufen.

Sie kannte ihn einfach zu gut.

»Ich hab nur das Händewaschen vergessen«, log er.

»So so …« Er seufzte tief. Seine Frau kannte nicht nur ihn, sondern jede Nuance seiner Stimmlage. Daher bemerkte sie jede kleine Flunkerei.

»Tote Schnecke!«, stellte er es richtig.

»Igitt! Da würde es mich auch grausen.«

»Danke! Servus!«

Sein Blick blieb beim restlichen Fußmarsch zur Praxis konsequent auf den Boden gerichtet. Sehr überraschend trafen ihn daher auch die ersten Tropfen einer kleinen Regenfront. Er konnte sich eben nicht vor allem schützen.

»Probleme sind Chancen!«, ging es ihm durch den Kopf. Kurzentschlossen wechselte er die Richtung und legte einen Zwischenstopp in seiner Lieblingsbäckerei ein. Welch ein Duft! Und welch eine Überraschung: Fredl stand heute direkt hinter dem Tresen und trug eine Schürze mit Firmenlogo.

»Na, Fredl, bist schon aufgestiegen?«, frotzelte er und bereute es schlagartig, als er dafür einen bösen Blick erntete.

»'Tschuldigung. Blöder Witz.«

»Was möchtest denn haben, du Witzbold?«

»Drei Brezensemmeln[2] bitte.«

Nachdem seine ›kleine Stärkung‹ in eine Papiertüte verpackt war und er sich verabschiedet hatte, trat er ins Freie. Um genau zu sein, in den Regen. Wie oft hatte ihn seine Frau gemahnt, einen Schirm mitzunehmen.

Der Schirm. Ein Gegenstand, der nach seinem Empfinden den maskulinen Artikel nicht verdient hatte. Es sollte ›die Schirm‹ heißen.

---

2 Brezensemmeln = Laugenbrötchen

»Nur Mädchen brauchen Schirme!«, hatte er seiner Frau schon oft geantwortet. Bis sich seine Frau eine passende und leider in allen Punkten korrekte Antwort überlegt hatte. »Du trotzt dem Regen, gell. Und dann kriegst Schnupfen und liegst im Sterben, weil beide Nasenlöcher zu sind. BEIDE!« Das letzte Wort hatte sie mit einer so höhnischen Panik feilgeboten, dass er selbst mitlachen hatte müssen. Trotzdem waren Schirme nichts für ihn. Punkt. Aus. Oder eher: Komma, leider. Denn nachdem er sich etwa fünfzig Meter von der Bäckerei entfernt hatte, spürte er die erste Feuchtigkeit durch seinen Pulli kriechen. Bald würde er also frieren, niesen und letztlich mit Fieber und laufender Nase im Bett landen.

Da war er wieder, sein Pessimismus.

Als er in seinen Taschen nach dem Praxisschlüssel suchte, rollte plötzlich eine Brezensemmel vor ihm her. »Wo kommt die denn her?«, dachte er sich. »Und da: noch eine!« Langsam hob er seine Brotzeittüte, als die dritte und letzte Backware aus dem durchnässten Papier fiel und von ihm wegrollte.

So ein Schirm wäre hilfreich gewesen.

Eine nach der anderen sammelte er die Brezensemmeln auf und verteilte sie in seinen Hosentaschen. Mittlerweile pitschnass eilte er zu der Eingangstür des Hauses, in dem sich seine neue Praxis befand. Gleichzeitig mit ihm huschte eine hübsche Frau herbei. Noch immer im Regen stehend, hielt er ihr die Tür auf und trat erst als Zweiter ins Trockene. Gleichzeitig schritten sie die Treppe hinauf.

Kurz trafen sich ihre Blicke – es war einer dieser peinlichen Momente, in denen man nicht wusste, ob man etwas sagen sollte. »Sauwetter!«, sprach die junge Frau die Gedanken beider aus. Sein Nicken verriet Zustimmung. Beide blieben sie vor seiner Praxistür stehen.

»Sind Sie die Dame, die zum Vorstellungsgespräch da ist?«

»Käthe Untergruber. Grüß Gott.« In seinen Ohren klang der Name eher nach einem älteren Semester, aber er selbst war ja auch froh, nicht nach dem seinen beurteilt zu werden.

»Kommen Sie erst mal rein!«, sprach er und ließ ihr erneut den Vortritt. »Wir haben zwar noch keine Möbel, aber die kommen in den nächsten Wochen. Ich muss nur schnell …«

Es fiel ihm schwer, die rechten Worte zu finden. In einem Eck des Flures lehnten zwei Klappstühle, die sich bereits an dieser Stelle befunden hatten, als er die Räume erstmalig besichtigt hatte. Zuerst zog er die Überreste der Papiertüte aus einer Tasche, dann eine Brezensemmel nach der anderen. Feinsäuberlich legte er alles zum Trocknen auf den einen Klappstuhl. Anschließend setzte er sich auf den Zweiten.

»So, Frau Untergruber. Dann nehmen Sie doch bitte Platz.« Mit jedem Wort wurde er langsamer und leiser, weil ihm erst zu spät klar wurde, dass seinem Gegenüber kein Stuhl mehr zur Verfügung stand.

»Entschuldigung! Ich mache Ihnen Platz.«

Er nahm zwei Brezensemmeln in die Hand und blickte sich auf der Suche nach einer Ablagemöglichkeit um. Die einzig verfügbaren ›Möbelstücke‹ waren die Toilette und das Waschbecken im Bad. Keine Chance. Also schob er die Brötchen wieder, eines nach dem anderen, in seine Hosentaschen. Etwas verlegen wischte er die Sitzfläche des Stuhles mit dem Handrücken ab und lud die Dame mit einer großzügigen Handbewegung dazu ein, Platz zu nehmen.

»Schön, dass Sie etwas früher da sind, Frau Untergruber. Eigentlich wollte ich hier erst noch etwas Brotzeit machen, dann wäre uns nichts im Weg gewesen.« Er lächelte, um die Situation etwas zu glätten. »Also wie gesagt: Die Möbel sind bestellt, heute mache ich mir noch eine Liste mit den Dingen, die noch fehlen. Zum Praxisstart wird alles da sein. Wo fehlt es denn?« Sie blickte ihn an und wusste nicht so recht, was sie antworten sollte. Plötzlich wurde ihm klar, dass er seine Standardfrage für Erstbehandlungen gestellt hatte. Schnell fügte er hinzu:

»Ich meine: Was haben Sie denn gemacht, bevor Sie sich bei mir beworben haben?«

Er versuchte, ein möglichst eloquentes Vorstellungsgespräch zu führen und dabei seine potentielle Mitarbeiterin nicht merken zu lassen, dass sie ohnehin seine einzige Bewerberin war.

Sie wirkte sehr freundlich. Zuweilen hatte er das Gefühl, sie würde versuchen, mit ihm zu flirten. So etwas mochte er gar nicht, weshalb er mehrmals seine Familie erwähnte.

Wohl einmal zu oft.

»Und grüßen Sie Ihre Frau unbekannterweise. So begeistert, wie Sie von Ihrer Familie sprechen, gehen Sie bestimmt gleich nach Hause«, sagte Käthe, als sie ins Treppenhaus trat. »Ich bin übrigens auch liiert.«

Er schloss die Tür, atmete durch und sprach zu sich selbst: »Sauber blamiert! War ja klar!« Doch nun hatte er endlich die Gelegenheit, seine Hosentaschen zu leeren und die Brotzeit zu vertilgen. Danach ging er nochmals durch die Räume und notierte sich alles, was er noch zu besorgen hatte, um einen reibungslosen Praxisalltag zu gewährleisten.

Als er am frühen Nachmittag wieder den Nachhauseweg antrat, wählte er erneut die Route, die ihn an seinen alten Lieblingsläden vorbeiführte. In seinen Erinnerungen schwelgend traf er auf Fredl, der gerade seinen Arbeitstag beendet hatte und aus der Bäckerei kam.

»Servus Fredl! Na, hast auch Feierabend?«

»Hallo! Ja, du auch?«

»Ich mach doch die neue Praxis zweihundert Meter weiter auf. Hab gerade noch eine Kraft eingestellt.« Er versuchte, möglichst weltmännisch zu klingen.

»Aber nicht die Käthe, oder?«

»Doch, so hieß die Dame. Woher weißt du das?«

»Die ist seit kurzem meine Freundin. Die ist echt heiß. Lass bloß deine Finger von ihr!« Fredl tarnte diese Drohung als Witz. Doch beiden schien klar zu sein, dass da ein Fünkchen Ernst im Spiel war.

»Hey, ich bin verheiratet. Und zwar glücklich!«, rechtfertigte er sich gekünstelt, als ob es auch als Scherz gedacht sei. Der alte Freund schien dies als Einladung zu einem persönlichen Gespräch zu verstehen.

»Weißt du, wir fahren nächste Woche zum ersten Mal in den gemeinsamen Urlaub. Nach Sylt soll es gehen.«

»Hey, da fliegen wir nächste Woche auch hin! Wäre ja cool, wenn wir uns mal treffen.«

Er hatte den Satz nicht ganz ausgesprochen, da ging Fredl auf ihn zu und kam ihm mit dem Gesicht ganz nah an das seine. »Lass die Finger von ihr, sonst mache ich dich fertig!«

Seiner guten Polsterung am Bauch hatte er es zu verdanken, dass er nicht um Luft rang, sondern antworten konnte.

»Sag mal, spinnst du oder was? Ich will nichts von deiner Freundin. Bleib mir bloß vom Leib, du Volldepp!«, antwortete er möglichst ruhig, um deeskalierend zu wirken. Als Fredl nicht von ihm abrückte, stieß er ihn gewaltsam von sich und schob die in Bayern allgegenwärtige Abwehrfloskel hinterher: »Und jetzt schleich dich, du Hamperer!«

Der Blick seines alten Kameraden machte ihm Angst, als dieser sagte: »Pass bloß auf. Du weißt nicht, mit wem du dich anlegst.« Fredl ließ diese Worte noch etwas nachklingen und begab sich dann fort. Die ersten Schritte noch rückwärtsgehend, drehte er ihm jedoch bald den Rücken zu und bog um die nächste Hausecke in eine Seitenstraße.

»Also ganz sauber bist du auch nicht, oder? Ich will nix von deiner Flamme!«, moserte der Stehengelassene leise vor sich hin, als er seinen Hemdkragen wieder richtete und den Weg zu seinem Hanghaus am Rande Pfarrkirchens fortsetzte. »Brezensalzer!«, schob er hinterher.

Als er an diesem Abend sein tägliches Bad nahm, wurde ihm seit langem wieder ernsthaft klar, wie alt er wirklich war. Wenn er sich in der Wanne befand, hatte nur noch wenig Wasser Platz. Da seine Flanken die Wände berührten, erzeugte das Aufstehen eine regelrechte Sogwirkung, sodass es richtig Kraft kostete. In Physik hatte er gelernt, dass sich heiße Körper ausdehnen. Irgendetwas hatte wohl mit der Wassertemperatur nicht gestimmt. Nur unter Einsatz der großen Wannengriffleiste aus dem Sanitätshaus konnte er genug Energie aufbringen. Im dann knöcheltiefen Wasser stehend, konnte er nun seinen eigenen Körper im Spiegel begutachten.

Zu großer Bauch. Zu wenig Muskeln.

Kaum mehr Haare auf dem Kopf, dafür viel zu viele am Rücken.

Und dann waren da noch die jahrzehntelangen Auswirkungen der Schwerkraft.

Die Betonung lag auf ›schwer‹.

Er strich sich mit beiden Händen über den Bauch – wäre er nicht so behaart, hätte er wie eine Schwangere gewirkt. Im sechsunddreißigsten Monat. Mit einem Nilpferdbaby. Nilpferdbabyzwillingen.

Plötzlich musste er an seinen alten Mathematiklehrer aus dem Gymnasium denken. »Die Kugel ist die vollkommenste geometrische Form«, murmelte er. Einige Sekunden danach fügte er hinzu: »Ein Sixpack wirkt hingegen, als hätte man einen Karton Brotzeiteier verschluckt. Sieht doch doof aus.«

Wie er selbst jedoch durch das Konsumieren eben jener Brotzeiteier einen vollkommenen geometrischen Körper zu generieren vermocht hatte, konnte er sich auch nicht erklären. Vielleicht hatte es ja eine andere Ursache. Metamorphose etwa. Oder ein Drüsenleiden. Letztlich ergab er sich einem anderen Fazit.

»Alt. Ich werde langsam alt.« Da war er wieder, der Satz, der ihm jeden Morgen durch den Kopf ging. »Alt und fett.«

Letzte Planungen

In den nächsten Tagen hatte er es geschafft, den Einkauf, die Anlieferung und Montage aller Möbel in der neuen Praxis zu planen, und dabei seinen Vermieter dazu zu bringen, dies in seiner urlaubsbedingten Abwesenheit zu koordinieren. Sein erster eigener Betrieb würde also nach dem Aufenthalt auf Sylt bezugsfertig eingerichtet sein. Er hatte alle Anmeldungen vollzogen, etwa bei Finanz- und Gesundheitsamt, und Fredls Freundin Käthe als Fangohilfe angestellt. Nun konnte er sich also vollends auf seinen Trip in den Norden konzentrieren, obwohl ihm die Möglichkeit, dort auf seine zukünftige Untergebene zu treffen, nicht besonders gefiel. Dieses Missfallen hatte sich noch verstärkt, als sie ihn bei der Benachrichtigung, dass sie die Stelle erhielt, für seinen Geschmack zu intensiv umarmt hatte.

Seine Frau hatte die Koffer gepackt und auch alle sonstigen Urlaubsvorbereitungen getroffen. Sobald sie in Westerland gelandet wären, würden sie für die neue berufliche Aufgabe Kraft tanken können. Urlaub auf Sylt. Wie sehr er sich freute!

Bitte nicht!

Die neue Praxis war ein Traum. Gemütlich und modern zugleich – zwei Attribute, die sich selten vereinen ließen.

Etwas nervös war er, als er seinen ersten Patienten aufzurufen gedachte. »Frau Bernreuther?«, rief er in das Wartezimmer, doch niemand rührte sich. Erneut: »Frau Bernreuther?«

Keine Antwort. Käthe erhob sich von ihrem Schreibtisch an der Anmeldung, blinzelte ihm zu und warf ihm einen Kuss zu.

»Vielleicht möchtest du ja mich behandeln?«

Er bekam Panik. »Nein! Also behandeln schon, wennst ein Rezept bringst. Aber nur behandeln.« Sie ließ sich nicht davon abhalten auf ihn zuzugehen. Bevor er reagieren konnte, drückte sie ihm einen Kuss auf die Wange. So schnell er konnte, drehte er sich weg und …

… wachte auf. Er hatte die Augen noch nicht offen, da bemerkte er, dass immer noch jemand an seiner Wange leckte. Um zu sehen, wo es herkam drehte er den Kopf in die entsprechende Richtung. Just in diesem Moment landete eine Zunge in seinem Mund – seine Boxerhündin Inara stand neben dem Bett und leckte sein Gesicht.

»Ah! Pfui Deifi! Spinnst du, du Haderlump!« Schon seit geraumer Zeit wurde die Hündin nur noch mit diesem Kosenamen angesprochen.

Er sprang auf und rannte ins Badezimmer, um sich die Zähne zu putzen. Zweimal. Richtig sauber fühlte er sich auch danach nicht, aber zumindest soweit wiederhergestellt, dass er zurück ins Bett gehen konnte.

»Und jetzt bleibst auf deiner Decke!«, wies er den Flohtransporter noch an.

Während er wieder einzuschlafen versuchte, dachte er darüber nach, warum sich die neue Angestellte per Alptraum in seinen Schlaf gebohrt hatte. Manche Menschen hatten eine anzügliche Art. So auch Käthe. Diese Eigenschaft konnte er überhaupt nicht leiden. Nicht, dass in dieser Hinsicht auch nur die geringste Gefahr oder Versuchung bestand, nein, es stieß ihn einfach nur ab. Und dann war da auch noch ihr psychopathischer Freund Fredl.

Um nun wieder zur Ruhe zu finden, beschloss er, an den Urlaub zu denken. In vier Stunden würde er sich mit seiner Familie zum Flughafen begeben, einchecken und letztlich nach einer guten Stunde Flugzeit in Westerland/Sylt landen. Er stellte sich die Wellen am Strand von Rantum vor, die Strandkörbe, die Wärme der Sonne auf der Haut und fand wieder in den Schlaf.

Erst recht nicht!

Er hatte einen Fensterplatz ergattert. Sehr schön! Die Embraer 195 war ein schlankes und angenehmes Flugzeug. Neben ihm saß seine größere Tochter. Seine Frau und die Kleine nahmen auf der anderen Seite des Ganges Platz.

Er spürte ein leichtes Wackeln – die Maschine wurde also in Startposition gezogen. Einen Moment später wurden die Triebwerke lauter und die Maschine beschleunigte. Der gesamte Innenraum vibrierte. Zwei Reihen vor ihm klappte ein Staufach über den Sitzen auf und eine Jacke fiel heraus. Langsam hob sich die Nase des Flugzeuges, das hintere Fahrwerk rollte noch. Dann wurde alles leise und man konnte spüren, wie die Maschine abhob. Plötzlich jedoch sackte sie wieder ab. Es fühlte sich so an, als würde sein Magen einmal um die eigene Achse gedreht. Mit einem lauten Rumms konnte er vom Bug her im Innenraum des Flugzeuges Flammen auf sich zukommen sehen.

Laut schreiend schreckte er hoch.

»Hast schlecht geträumt?«, fragte seine Frau.

Wieder ein Alptraum! Er war noch ganz außer Atem.

»Flugzeugabsturz!«

Er rang weiter um Luft.

»Hab ich noch Beruhigungstabletten? Ich darf die morgen nicht vergessen«, sagte er, nachdem er seine Fassung wiedergefunden hatte.

»Du wieder!« Seine Frau drehte sich um, zog die Decke über den Kopf und schlief weiter. Innerhalb weniger Sekunden begann sie zu schnarchen. Er selbst jedoch hatte die Augen weit aufgerissen und starrte in die Dunkelheit.

Als am nächsten Morgen der Wecker klingelte, hatte er das Gefühl, ein Panzer hätte des Nachts auf ihm geparkt. Sein gesamter Körper fühlte sich schwer an und schmerzte. Ächzend erhob er sich und dachte an seine drei Buchstaben: alt!

Sein Schatz fegte schon wie ein Wirbelwind durch die Wohnung und bereitete das Frühstück für die Kinder und Kaffee für ihn selbst.

»Morgen!«, raunzte er in die Küche. Seine Frau tat einen Satz in seine Richtung und umarmte ihn überschwänglich.

»Urlaub!« Sie lächelte ihn mit ihrer bezaubernden Art an und traf ihn damit direkt im Herzen. Sofort fühlte er sich wie ein neuer Mensch.

»Du bist so süß, wenn du dich freust!« Er wollte sie auf den Mund küssen, wurde sich jedoch gerade noch der Qualität seines Atems gewahr und korrigierte den Kurs seiner Lippen in Richtung Wange.

Sich an seinen Platz am Küchentisch setzend, sah er die Kinder den Flur entlang auf sich zukommen. Die Kleine hatte eine Puppe auf dem Arm, die Große einen Packen

CDs mit Hörspielen. Er würde wieder viele Anekdoten aus dem Leben sprechender Elefanten und bayerischer Kobolde genießen können. Na toll!

Trotzdem empfand er es als großes Privileg, seiner Familie einen Urlaub möglich machen zu können. Er hatte in letzter Zeit viel gearbeitet. Sich mit den Überlegungen und Planungen für die Selbstständigkeit beschäftigen müssen, und dabei war seine Familie etwas zu kurz gekommen. Seine Töchter hatten immer öfter seine Nähe gesucht und ihn gefragt, wann er wieder mehr Zeit für sie haben würde. Der Aufenthalt auf Sylt kam also gerade recht.

Nachdem er ordentlich gefrühstückt hatte, hatte er ausreichend Energie, um die bereitgestellten Gepäckstücke in den Kofferraum seines Toyotas zu packen. Zunächst legte er die großen Koffer hinein, dann die Reisetaschen. Die dadurch entstandenen Lücken füllte er mit dem Handgepäck auf. Leider war am Ende des Stauraumes noch zu viel Gepäck übrig. Die Koffer der Kinder wurden also in den Fußraum des Fonds gestellt und es konnte losgehen.

Es war nun an der Zeit, sich von der Boxerhündin Inara zu verabschieden. Freunde würden sie in ein paar Stunden abholen und in eine Hundepension bringen.

»Ich wünsche dir einen schönen Urlaub mit all den anderen Hunden in der Pension!«, säuselte er ihr zu, als er sie in den Arm nahm.

Ihr Blick verriet ein gewisses Maß an Traurigkeit. Sie ahnte wohl, dass eine längere Abwesenheit der Familie im Busch war. Dennoch wedelte sie eifrig mit dem Schwanz und hinterließ – er würde es nie zugeben – feuchte Augen beim Herrchen. Hunde waren einfach ideale Haustiere. Ganz anders als Katzen. Hunde haben Herrchen, Katzen haben Diener. Hunde freuen sich ein Loch in den Bauch, wenn man sie anspricht. Katzen gucken einen an und denken: »Das ist nicht mein Problem, Lakai!« Er vermisste seine Inara jetzt schon.

Nachdem er sich jedoch seinen Autositz bequem eingestellt hatte, war alles startklar und er dachte an den bevorstehenden Urlaub. Zum Gesang eines rothaarigen Kobolds ging es Richtung Flughafen.

Der Flughafen. Er liebte Flugzeuge. Auch Uhrengeschäfte und Duty-Free-Schnapsläden gehörten zu seinen Favoriten. Aber das Fliegen an sich war eine seiner größten Ängste. Bisher hatte er es geschafft, diese Ängste nicht auf seine Kinder zu übertragen. Doch als nun seine Hand während der Fahrt auf dem Schaltknauf ruhte, hörte er seine Tochter vom Rücksitz aus: »Du Papa? Warum zittert denn deine Hand so?« Erst jetzt bemerkte auch er, dass er schlotterte wie ein Drogensüchtiger auf Entzug.

»Mei, ich bin halt aufgeregt, weil ich mich schon so auf den Urlaub freue«, log er.

»Ich auch! Weißt du Papa, ich mag jeden Tag baden gehen. Und im Sand spielen.«

Es folgte eine detaillierte Aufzählung aller Planungen der Kinder, was im Urlaub alles zu tun sei.

»Euch ist aber schon klar, dass wir nur eine Woche Zeit haben.«

»Ja!«, riefen beide gleichzeitig.

Ob der großen Freude im Fahrzeug ergriff sein Schatz die zitternde Hand auf dem Schaltknauf und fragte: »Na, gehts noch mit deiner ›Vorfreude‹ aufs Fliegen?«

Er schaute ihr in die Augen, seufzte und prüfte zum dritten Mal, ob die Beruhigungstablette tatsächlich noch in seiner Hosentasche steckte.

Nachdem sie den Wagen bei einem Landwirt geparkt hatten, von diesem per ›Airport-Shuttle‹ zum Terminal II gebracht worden waren und nun also vor dem Haupteingang standen, versuchten sie, ihr ganzes Gepäck auf einen Kofferkuli zu stapeln.

»Dürfen wir mitfahren? Schiebst du uns?«

»Nein!«

»Bitte!«

»Nein!«

»Bitte!«

»Na gut. Stellt euch drauf.«

Urlaub eben.

Irgendwie schaffte er es schließlich, die Koffer um sie herum zu drapieren, und gemeinsam ging beziehungsweise fuhr man in den Terminal Richtung Check-in.

Nachdem die Koffer aufgegeben waren – »nein, ihr dürft euch nicht auf das Kofferband setzen« –, gab es noch eine Stunde totzuschlagen. Also gingen sie gemeinsam in eine der zahlreichen Gastronomien des Münchner Flughafens und bestellten ihr letztes bayerisches Gericht vor dem Urlaub: Weißwürste und Bier. Als man ihn dazu fragte, ob er Ketchup, Senf oder Mayonnaise dazu haben möchte, wurde ihm erneut bewusst, warum Münchner in Niederbayern als Preußen angesehen wurden.

»Soll das jetzt ein Witz sein? Süßen Senf natürlich. Hausmacher. Bring bloß keinen scharfen Senf!«, war seine etwas ungehaltene Antwort. Doch weder der Senf, noch das halbwarme Bier konnten die katastrophal schmeckenden Weißwürste retten. Noch nie hatte er bei diesem bayerischen Nationalgericht etwas übrig gelassen. Bis heute. Den Namen der Gastronomie hatte er sofort aus seinem Gedächtnis gestrichen. Unwiederbringlich. Endgültig. Beinahe hätte er aufgrund dieser Enttäuschung vergessen, seine Beruhigungstablette einzunehmen.

Die erste Handlung, nachdem sie das richtige Gate gefunden hatten, bestand darin, sich das Flugzeug durch die Glasfront genauer anzusehen. Es handelte sich um eine Embraer 195. Beim Anblick des ruhenden Giganten spürte er ein starkes Kribbeln im Bauch sowie eine immer stärker werdende Übelkeit. Hoffentlich würde das Medikament bald seine Wirkung entfalten.

Als es zwanzig Minuten später an der Zeit war, an Bord zu gehen, war ihm bereits alles egal. Dies war wohl auch der Grund dafür, dass seine Hausärztin sein Beruhigungsmittel ›Leck-mich-am-A****-Tabletten‹ zu nennen pflegte. In der Reihe vor dem Gateway stehend, fielen ihm in regelmäßigen Abständen die Augen zu. »Die hauen heute ganz anders rein, als sonst«, teilte er seiner Frau mit.

»Du hast jetzt aber nicht die ganze Tablette genommen, oder?«

»Warum?«

»Der Doktor hat doch gesagt, dass er dir die dreifache Dosis aufschreiben musste, weil es die anderen nicht mehr gibt. Du solltest maximal eine halbe Tablette nehmen. Und ohne Alkohol.«

»Oh Mist! Du hast nicht zufällig den Beipackzettel dabei?«

Sie starrte ihn an, kramte in ihrer Tasche, reichte ihm ein Papiertaschentuch und flüsterte: »Nein, habe ich nicht. Du sabberst. Wisch dir mal den Mund ab.«

Tatsächlich fühlten sich seine Lippen etwas betäubt an. Wenigstens hatte es diesmal nicht eine Bäckereiverkäuferin gesehen.

Als sie an Bord gegangen waren und den richtigen Sitzplatz gefunden hatten, war er zum ersten Mal in seinem Leben froh, in einem Flugzeug zu sitzen. Genau genommen war ihm völlig egal, wo er saß. Hauptsache er saß.

»Wer mag den Fensterplatz?« Seine Frau musste die Kinder nun ganz allein bei Laune halten.

»Ich!«, riefen beide gleichzeitig.

An die Große gewandt: »Gut, dann kriegst du beim Hinflug den Platz und beim Rückflug unser Zwergerl.«

Seine Tochter setzte sich auf den begehrten Sitz, griff an die Jalousie und zog sie herunter.

»Warum machst du das? Dann siehst du doch nichts«, wandte sein Schatz ein.

»Ich schau doch da nicht raus. Ich habe Höhenangst!«

Seine Frau setzte an, etwas zu erwidern. »Ja, aber …« Doch sie beließ es bei einem Verdrehen der Augen und setzte sich. Innerlich musste er schmunzeln. Der Apfel fiel nun einmal nicht weit vom Stamm. Kurz die Augen schließen und bis zum Start noch etwas ausruhen war die Devise.

»Schatz! Schatz!«

Jemand rüttelte an seiner Schulter.

»Aufwachen, wir sind da!«

»Wo?«

»Auf Sylt.«

Während er sich aufsetzte, bemerkte er eine üble Nackensteifigkeit.

»Hab ich jetzt echt den Flug verschlafen?«

»Ja.«

»Cool!«

Nachdem er sich ordentlich gestreckt hatte, fand er genug Kraft, sich zu erheben und das Handgepäck zu finden. Er fühlte sich richtig gut.

Sie waren die letzten noch verbliebenen Fluggäste in der Maschine. Eine Stewardess stand am Ausgang und verabschiedete jeden Reisenden.

Als seine Familie an der Reihe war, lächelte sie aufgesetzt und fragte: »Hatten Sie einen schönen Flug?«

»Das war der beste Flug meines Lebens!«, antwortete er und lächelte aus tiefstem Herzen zurück. Nachdem sie vom so perfekt organisierten Flughafen München gekommen waren, schien ›das Flughäfchen‹ nahe Westerland wie eine Spielzeugvariante. Ein Gebäude mit einem ›Towerchen‹ in der Mitte. Untere Etage Flughafen, oberes Stockwerk Pizzeria. Als sie bei Letzterer die Schlüssel für den Mietwagen abgeholt hatten – die Gastronomie diente gleichzeitig als Autoverleih –, konnten sie sich auf den Weg in die Unterkunft machen. Dachten sie.

Er verstaute die Koffer möglichst platzsparend in dem Kleinwagen, doch nun war nur noch Platz für genau drei Menschen.

»Und jetzt?«, fragte seine Frau, die ihm zwanzig Minuten zugeschaut hatte, wie er in fünf verschiedenen Varianten versucht hatte, eine vierte Sitzgelegenheit möglich zu machen. Unnötig zu erwähnen, dass seine Frau bei der Buchung genau das prophezeit hatte.

»Lass uns doch lieber einen Kombi mieten«, hatte sie damals zu Bedenken gegeben.

Mit einem lapidaren »Das geht schon mit dem kleinen Hühnersprenger« hatte er diesen Einwand abgetan. Die Unterhaltung der letzten Woche hallte noch einmal in seinem Kopf nach. Als er nun so ratlos vor dem Fahrzeug stand, hatte er eine Ahnung, warum dieses unangenehme Echo innerhalb seines Kopfes Platz fand. »Hohlraum!«, urteilte er sich selbst ab.

»Laut Routenplaner haben wir nur etwas mehr als zwei Kilometer zu unserer Unterkunft. Die kannst du doch die Kleine auf den Schoß nehmen, oder? Da wird schon nichts passieren. Wenn ich früher mit meinen Eltern in den Urlaub gefahren bin, habe ich quer auf dem Schoß meiner Geschwister gelegen. Ohne Gurt.«

Damit verlieh er einem Gedankengang Ausdruck, den sie schon öfter diskutiert hatten. Es gab in Deutschland zu viele Vorschriften.

»Ich weiß nicht recht.« Seine Frau stimmte wohl gefühlsmäßig zu, war aber doch auch etwas skeptisch.

»Ernsthaft jetzt. Wenn die Kinder beim Opa auf dem Traktor sitzen, das ist gefährlich. Aber die paar Meter.«

Sie gab sich einen Ruck, stieg ein und setzte sich die Kleine auf den Schoß.

»Zu Hause darf ich sowas nie«, gab die Jüngste zu bedenken. Doch außer einem Blickwechsel der Eltern, gab es darauf keine weitere Reaktion. Er ließ den Wagen an und fuhr los. Sie verließen den Parkplatz und fuhren Richtung Westerland. Doch weit kamen sie nicht. An der Zubringerstraße des Flughafens stand eine Polizeistreife und winkte die Familie an den Straßenrand.

»Au weh zwick!«

Instinktiv griff er nach seinem Handy, doch dieses war ohnehin noch vom Flug ausgeschaltet. Außerdem war er nicht allein im Fahrzeug. Jedoch die Sitzregelung mit der Tochter auf dem Schoß der Mutter – zwar angeschnallt, aber dennoch unsicher – war schon eher bedenklich.

Nachdem er das Fahrzeug angehalten hatte, kurbelte er – ja, der Mietwagen hatte tatsächlich keine elektrischen Fensterheber – die Scheibe herunter und setzte ein möglichst freundliches Lächeln auf. Der Polizist ging breitbeinig und langsam auf das Fahrzeug zu. Dort angekommen seufzte er genervt.

»Na, Herr Wachtmeister. Wie kann ich Ihnen denn helfen?«

»In Deutschland gibt es keine Wachtmeister mehr«, antwortete der Uniformierte in sächsischem Dialekt. »Ich bin Polizeiobermeister.«

Der Beamte beugte sich etwas nach vorne und besah sich den Innenraum des Mietautos. Als er die Kleine auf dem Schoß der Mutter sitzend erblickte, schüttelte er langsam den Kopf.

»Dass Sie Ihr Kind so nicht transportieren dürfen, wissen Sie, oder?«

»Ja, wissen Sie, wir dachten, dass wir ja nur ganz kurz fahren und ...«

Er wurde mit dem Satz unterbrochen:

»... Sie wussten nicht, dass ich Sie aufhalten könnte. Schon klar.« Er kramte in seiner Diensthose nach einem kleinen Büchlein.

»Mal sehen.«

Mit der Lesefähigkeit eines Erstklässlers begann er die einzelnen Punkte aus dem Bußgeldkatalog vorzulesen.

»Fahren ohne Sicherheitsgurt, in Klammern: auch in Reisebussen. Ein Kind nicht nach Vorschrift gesichert, in Klammern: zum Beispiel mit Gurt, aber ohne Kindersitz. Mehrere Kinder. Ein Kind ohne jede Sicherung. Mehrere Kinder.«

Bei diesem Punkt blickte er noch einmal in den Innenraum. Obwohl dies der zutreffende Punkt zu sein schien, las er dennoch weiter. »Schmutzhelmpflicht nicht beachtet. Was soll denn ein Schmutzhelm sein? Ach so, Schutzhelm. Schutzhelmpflicht nicht beachtet. Macht auch gleich viel mehr Sinn, nicht wahr?

Vor der Fahrt Scheiben nicht ausreichend vom Eis befreit oder freie Sicht anderweitig mehr als zulässig eingeschränkt.

Fahren mit beeinträchtigtem Gehör, in Klammern: zu laute Musik.

Nutzung eines Mobil- oder Autotelefons ohne Freisprecheinrichtung: als Kraftfahrer bei laufendem Motor.

Nutzung eines Mobil- oder Autotelefons ohne Freisprecheinrichtung: als Radfahrer.«

Noch einmal seufzte er tief.

»Mit Gurt, aber ohne Kindersitz. Das kommt Ihrem Verstoß wohl am Nächsten. Oder ist das eher so zu sehen, als seien Sie ohne jede Sicherung unterwegs?« Wieder seufzte er tief. »Wie weit müssen Sie denn fahren?«

»Gleich hier in Westerland ist unsere Ferienwohnung.«

»Fahren Sie vorsichtig. Schönen Urlaub!«

Ohne ein weiteres Wort drehte sich der Polizeiobermeister um und ging zu seinem Dienstfahrzeug. Er öffnete die Tür, sah noch einmal zu der Familie herüber und bedeutete ihnen, sie sollen endlich weiterfahren. Sie starteten den Wagen und passierten die Polizeikontrolle.

»Was war das denn jetzt?«

Seine Frau schaute ihn verwirrt an.

»Keine Ahnung.«

Seine Große hingegen freute sich auf dem Rücksitz, wo sie zwischen zwei Koffer geklemmt sitzen musste: »Der war aber jetzt nett, oder?«

»Ja Schatzi, wirklich!«, antwortete er und musste grinsen. »Da muss ich erst ans andere Ende der Republik fliegen, um einen netten Polizisten zu treffen.«

Nicht einmal fünf Minuten später waren sie an der Ferienwohnung angekommen und fanden den Schlüssel an der mit dem Vermieter vereinbarten Stelle vor. Beim Aufschließen der Wohnungstür stieg die Spannung aller Familienmitglieder. Die Tür war noch gar nicht ganz geöffnet, schon presste sich die Kleine an ihrem Vater vorbei und fetzte in den ersten Raum. Mit den Worten »das ist mein Zimmer« nahm sie diesen in Beschlag. Die Große eilte hinterher und entfachte den ersten Streit des Tages. Zumindest den ersten Streit, von dem er wusste; den Flug hatte er ja glücklicherweise medikamentös übersprungen. Jedenfalls wollten natürlich beide Kinder im Etagenbett oben schlafen.

Die Große schubste die Kleine aus dem Weg, woraufhin diese gegen einen Schrank prallte und lauthals losschrie. Sie zeigte der am Boden liegenden Kontrahentin die Zunge, als sie die Leiter zum oberen Bett zu erklimmen versuchte. Doch auf der vorletzten Sprosse rutschte sie ab, knallte mit dem Kinn auf die Bettkante und biss sich auf die Zunge.

Als er schließlich die Koffer abgestellt hatte und zu ihnen stieß, schrien beide wie am Spieß – die eine hielt sich den Kopf, der anderen lief das Blut aus dem Mund. Seine Frau stand neben ihm, als er, das Dilemma betrachtend sagte: »Du, sag mal, wir sind doch gerade erst vor fünf Sekunden hereingekommen, oder habe ich im Stehen nochmal geschlafen?«

Sie wandte sich ihm zu und flachste: »Und wenn wir sie einfach da lassen und wieder heimfliegen?«

»Meine Tablette wirkt doch nicht mehr richtig. Aber die Idee an sich gefällt mir.«

Sie gaben sich einen Ruck und jeder tröstete eines der Kinder. Die Idee einer abwechselnden Nachtruhe im oberen Bett, in Kombination mit der Frage, ob man denn gleich mal an den Strand gehen solle, löste die Heulkrise vorübergehend auf.

Wenn auch an diesem ersten Tag noch mehrere folgen sollten.

Willkommen im Familienurlaub! Urlaub 2.0 wäre wohl auch diesmal der moderne Terminus.

Das Meer

Nachdem die Koffer ungeöffnet in die jeweiligen Zimmer verteilt waren, sich alle Familienmitglieder in Badekleidung gezwängt hatten – genau genommen musste sich nur der männliche Teil der Familie hineinzwingen, alle anderen hatten noch eine Taille –, klemmten sie sich je ein Handtuch unter den Arm, sowie im Falle der Kinder die jeweilige Babypuppe, und bestiegen erneut den Kleinwagen. Diesmal in vorschriftsmäßiger Sitzposition. Zielort: Rantum.

Rantum. Allein der Weg dorthin war für einen Naturfreund ein Abenteuer. Zunächst galt es, Westerland zu verlassen. Diese ›Inselmetropole‹ war eher unschön gestaltet. Betonklotz neben Betonklotz, um all die Urlauber zu beherbergen. Vermeintliche Kunstobjekte dazwischen gestellt wie etwas schrägstehende Grünlinge, die wie zu groß geratene Hobbits auf LSD wirkten. Man konnte getrost behaupten, dass man Westerland am liebsten im Rückspiegel sah.

Die Landstraße zum gelobten Rantum hingegen bot Atmosphäre. Die einzigen Erhebungen der flachen Weite waren Deiche. Kleine Berglein, mit Dünenrosen bewachsen, deuteten bereits die Eigenheiten der hiesigen Schöpfung an.

Sie stellten – wie in jedem Sylturlaub – ihren Mietwagen auf dem öffentlichen Parkplatz am Ortseingang Rantums ab und gingen durch ein kleines Wäldchen mit, dem Wind entsprechend, schräg gewachsenen Bäumen. Anschließend kreuzten sie die Hauptstraße, woraufhin sie sich bereits auf dem Fußweg Richtung Strand befanden. Die Aufregung des bevorstehenden Kontaktes mit der See steckte allen Familienmitgliedern in den Knochen.

Und dann war es soweit. Der Familienvater erreichte jene Emotionslage, die er immer als »Daheim-am-Meer« bezeichnete. Eine tiefsitzende Glückseligkeit, eine Ergötzung, eine Beglückung, ja, einen Zustand höchsten Genusses, den nur das Meer in ihm hervorzurufen vermochte. Er konnte nicht weitergehen. In Tiefstatemzügen versuchte er, die Salzluft in sich aufzunehmen und Teil seines Organismus werden zu lassen. Eine Träne lief ihm über die rechte Wange.

»Und los gehts!«, riss ihn seine Frau augenrollend aus der Verzückung.

»Papa, warum weinst du?«

Er setzte an, etwas zu antworten, doch die Stimme versagte. »Weichei!«, schoss es ihm sofort durch den Kopf. Nachdem er geschluckt hatte, war er zu einer Erwiderung fähig.

»Ich weine nicht. Mir brennt nur das Salz in den Augen.«

»Ui! Eine Eidechse!« Beide Kinder starteten einen Spurt zu dem kleinen Reptil, welches sie natürlich nicht zu fangen vermochten.

»Das Salz brennt. Tut mir leid für Sie, Baron Münchhausen«, frotzelte sein Schatz, eine Hand auf seine Schulter legend.

»Jetzt gehen wir weiter.«

Sie kamen an einem Toilettenhäuschen an und fanden den hölzernen Steg, der über den Deich zum Strand führte. Mit jedem Schritt, den er dem kühlen Nass näher kam, wurde ihm mulmiger. Tausend Schmetterlinge fühlte er in seinem Bauch. Noch flogen sie in Formation, aber als er den höchsten Punkt des Weges erreicht hatte und der Blick auf das Meer frei wurde, stoben sie auseinander und hinterließen ein Kribbeln im Bauch, das ihn an seine erste Verabredung mit der Liebe seines Lebens erinnerte.

Während er die Treppen – immer drei Stufen auf einmal nehmend – nach unten lief, zog er mit einer Hand das T-Shirt aus und stopfte es in die Badetasche. Die Flip Flops verlor er unterwegs, ebenso die Tasche. Mit einem großen ›Platsch‹ hechtete er ins Wasser. Er legte sich auf den Rücken und spürte die Wellen. In etwa fünfzig Metern Entfernung konnte er aus den Augenwinkeln ein Boot erkennen. Darin stand jemand und richtete einen länglichen Gegenstand auf ihn. Er drehte sich so schnell er konnte auf den Bauch und reckte einen Arm aus dem Wasser. Eine intuitive Assoziation mit Kapitän Ahab hatte ihm die eigene walförmige Optik gewahr werden lassen. Und wenn es eine Sache gab, die er nie erleben wollte, dann war es, im Zuge einer Verwechslung harpuniert zu werden. Seine übereifrige Fantasie konnte manchmal wirklich anstrengend sein.

Als seine Familie an der Wasserlinie angekommen war und dort ein Lager zu errichten begann, verließ er das Meer und holte sich sein Handtuch.

»Endlich dahoam!« Mehr musste er nicht sagen. Seine geliebte Frau wusste sehr genau, welche Emotionen er damit verband.

Dahoam. Zuhause.

Als zweiten Akt des Badeganges legte er sich auf sein Handtuch, schloss die Augen und versuchte – den Spiellärm der Kinder im Flachwasser ausblendend –, das Meeresrauschen Teil seiner selbst werden zu lassen. So recht wollte er nicht zur Ruhe finden. Irgendwie schien es unmöglich zu sein, eine bequeme Liegeposition zu finden. Mit geschlossenen Augen tastete er um sich herum, nach etwas Weichem für den Kopf suchend. Er fand die Puppe seiner Großen, drapierte sie sich unter den Hinterkopf und schlief innerhalb weniger Minuten ein.

Sein Traum hatte keine konkrete Handlung, nein, vielmehr träumte er Gefühle und Farben. Glück.

Als er wieder aufwachte, öffnete er nicht sogleich die Augen. Zunächst genoss er das Meeresrauschen. Horchte den Kindern zu. Sie waren wohl gerade in einen Streit vertieft, wer die schöne Muschel zuerst gefunden hatte. Sich streckend drehte er sich auf die Seite und öffnete die Augen.

»Ah!«, schrie er entsetzt. Keine fünf Zentimeter von seinem Gesicht entfernt hob die Puppe ihren Kopf und öffnete die zuvor geschlossenen Augen. Wie ein gestrandeter Schweinswal versuchte er sich in einer panikartigen Fluchtbewegung von der ›Mörderpuppe‹ zu entfernen. Tatsächlich war es aber zu deren Bewegung nur gekommen, weil er seinen Kopf über den Puppenkörper gerollt hatte, deren Kopf dadurch hochgehoben worden war. Außer Atem lag er nun neben seinem Handtuch im Sand. Er blickte sich um. Niemand hatte ihn gesehen.

»Ganz ruhig. Keine Greenpeace-Aktivisten in der Nähe, die versuchen dich ins Meer zurückzurollen«, lachte seine Frau, die damit auf seinen Standardwitz Bezug nahm, mit dem er seine eigene Figur manchmal ins Lächerliche zu ziehen versuchte.

Ohne ein Wort zu erwidern, ging er ins Wasser und kühlte sich ab. Bevor er erneut untertauchte, stieß er ein Wort in die Brandung: »Mistdreckspuppe!«

An diesem ersten Urlaubstag schliefen die Kinder bereits auf der Rückfahrt nach Westerland ein. Selbst die etwas schwierige ›Bergung‹ aus dem Fond des gemieteten Dreitürers weckte die beiden nicht.

Er entschied, nachdem er seine Flip Flops ausgezogen hatte, dass er sich vor dem Auspacken erst noch etwas hinsetzen sollte. Gegen ein kurzes Schließen der Augen war ja auch nichts einzuwenden.

Schock

»Ich helfe dir gleich beim Auspacken«, presste er während des Gähnens hervor, nachdem ihn sein Schatz beim Umherwirbeln in der Wohnung aufgeweckt hatte. Mit dem Oberkörper lag er auf dem Sofa, die Beine standen auf dem Boden; entsprechend schmerzhaft fühlte sich die Partie dazwischen an.

»Jetzt bin ich doch ein wenig eingeschlafen.«

»Kann man sagen, ja«, hörte er seine Frau aus dem Bad antworten.

Als er die Augen öffnete, sprang gerade die Kleine auf seinen Schoß und versetzte ihm einen Höllenschreck.

»Hui. Seid ihr doch nochmal aufgewacht? Ich hätte schwören können, dass ihr bis morgen durchschlaft.« Er drückte ihr einen Kuss auf die Wange und umarmte sie.

»Wir haben doch geschlafen. Es ist in der Früh.«

»Haha. Na da täuschst du dich aber, Süße.« Er musste schmunzeln.

Bis er bemerkte, dass das Familiengepäck aufgeräumt, alle drei angezogen und gekämmt waren, und die Sonne dermaßen hell schien, dass es sich um den Morgen handeln musste.

Seine Frau wirbelte aus dem Bad in das Wohn- und Esszimmer. »Morgen Schatz. Wenigstens hast du dich heute auf die Couch gelegt und nicht die ganze Nacht im Sitzen geschlafen.«

»Hab ich jetzt echt hier übernachtet?«

Als er sich nun den Esstisch genauer besah, stellte er fest, dass seine Frau sogar den Frühstückstisch gedeckt hatte. Obendrein hatte sie frische Brötchen geholt. Er wollte auf die Uhr schauen, doch diese hatte er nach dem Badegang nicht wieder angelegt.

»Wie spät ist es eigentlich?«

»Kurz vor zehn Uhr. Ich kenn das gar nicht von dir. Aber schön, dass du so gut geschlafen hast. So soll es sein im Urlaub.«

So sollte es sein im Urlaub, da hatte sie sicherlich recht. Dennoch war er von seinem Schlafverhalten positiv überrascht.

Nach einem ausgedehnten Frühstück war der Plan für den restlichen Tag wetterbedingt schnell gefasst. Es sollte erneut an den Strand gehen. Und heute würden sie sich einen Strandkorb mieten.

Gegen elf Uhr saßen sie im Auto und fuhren auf der Straße nach Rantum einem schönen Tag am Meer entgegen.

Auf dem heutigen Fußmarsch vom Parkplatz zum Strand gab es einiges zu sehen. Die verschiedensten Eidechsen huschten vor ihnen auf dem Weg hin und her. Die Große jedoch hatte nur Augen für die Möwen, die permanent über sie hinwegsegelten. Mit einem Stück Brot in der Hand fand sie viele Freunde unter diesen Mundräubern.

»Jetzt schau bitte, wo du hintrittst. Du steigst noch auf eine …«

Zu spät. Bevor er den Satz beenden konnte, war sie auf eine Eidechse getreten, welche zum Zwecke der Flucht ihren Schwanz abwarf. Mit einer Sekunde Verzögerung begannen beide Kinder gleichzeitig zu weinen.

»Uwääjetztähabichuwädenschwanzuwääabgetreten!«

»Das können die Eidechsen machen, wenn sie Angst haben. Es geht ihr bestimmt gut!«, versuchten die Eltern die beiden zu trösten. Zunächst jedoch vergeblich. Erst nach etwa zehn Minuten hatten sie sich soweit gefangen, dass sie den gemeinsamen Weg zum Strand fortsetzen konnten – natürlich immer noch schniefend.

Es war ein traumhafter Tag. Ein laues Lüftchen wehte vom Meer her, strahlend blauer Himmel und Kinder, die sich im Sand spielend selbst beschäftigten. Zum ersten Mal seit langer Zeit konnte er richtig schwimmen gehen. Ohne eine Tochter mit Rettungsring im Schlepptau. Ohne die Kinder vom Wasser aus beobachten zu müssen. Ohne Sorgen. Er befand sich im Zauber des Moments. Das kühle Nass erfrischte seinen Organismus, die Entspannung erfrischte den Geist.

»Ah«, ächzte er vergnügt, als er vom Rücken- zum Brustschwimmen wechselte. Völlig unerwartet tauchte keine fünf Meter vor ihm etwas Schwarzes auf. Erst als dabei auch eine Rückenflosse zum Vorschein kam, wurde ihm bewusst, dass es sich um einen Schweinswal handeln musste. Was für ein Koloss! Wie in Zeitlupe und anmutig wie eine Balletttänzerin bewegte sich dieser Meeressäuger in seinem Element. Er spürte am ganzen Körper eine leichte Gänsehaut und war sich gewahr, dass diese nicht mit der Temperatur der Nordsee zusammenhing. Vor lauter Schreck vergaß er, mit seinen Schwimmbewegungen weiterzumachen und schluckte eine gehörige Portion Salzwasser. Er drehte sich schnell um und sah, wie seine Frau mit den Kindern am Strand winkte. Sie hatten den Wal auch gesehen. Diesen Moment würde er sein Leben lang nicht mehr vergessen. Wie die Schöpfung doch das Herz zu berühren vermochte! Viel mehr als die Erfindungen von Menschen dies konnten. Und wie ekelhaft Salzwasser schmeckte. Viel übler, als er gedacht hätte.

Von seiner Salzwasserinhalation immer noch etwas hustend, kehrte er an den Strand zurück.

»Habt ihr das gesehen? Was für ein Brocken!« Auch die Kinder waren begeistert.

»Hast du Angst gehabt?«, fragten sie mit einem ehrfürchtigen Blick.

»Überhaupt nicht. Schweinswale tun nix.«

Und doch musste er zugeben, ein mulmiges Gefühl gehabt zu haben. Sein Beinahe-Ertrinken blieb unerwähnt. Gemeinsam beschloss man, einen Delphin – »Papa, die sind viel cooler!« – aus Sand zu bauen. Ein Akt, der, durch mehrere Trinkpausen unterbrochen, erst gegen Abend endete und mit zwei todmüden Kindern belohnt wurde.

Als es langsam dunkler wurde, setzte sich seine Frau mit den zwei Sandkünstlern in den Strandkorb. Sie kuschelten sich in die Decke und lauschten per Tablet einem Hörspiel, das in einem Internat spielte. Er selbst wanderte an der Wasserlinie entlang, um noch etwas nachzudenken. Über die neue Praxis, die neue Kollegin und ihren Hang zu körperlicher Nähe sowie über den alten Schulfreund, der gewisse psychopathologische Tendenzen zeigte. Er blieb stehen und starrte auf die Wellen. Hätte Gott etwas Schöneres erschaffen können als das Meer? Wasserfälle, der Sternenhimmel, Babytiere – all das sind Facetten ein und desselben schöpferischen Geistes. Und sie besitzen dadurch eine Aussagekraft über den Charakter desjenigen, der sie erdachte. Als er gerade den Drang verspürte, sich bei Gott für die Natur zu bedanken, trat jemand an ihn heran. Er versuchte noch, die Person aufzufangen, als sie direkt vor ihm zusammenbrach.

»Hallo? Geht es Ihnen gut?«, versuchte er herauszufinden und besah sie sich nun etwas genauer. Es handelte sich um einen jungen Mann. Sein Gesicht war voller Wunden und die Kleidung blutverschmiert. Intuitiv trat er einen Schritt zurück.

»Pfiadigod![3] Was ist denn mit dir passiert?«, entfuhr es ihm.

Er legte den Armen in eine mehr oder weniger stabile Seitenlage und lief schnell zum Strandkorb der Familie, um das Handy zu holen. Seit seinen Erlebnissen in Bad

3 Pfiadigod! = ein Ausruf des Entsetzens, ähnlich dem preußischen »Herrje!«

Füssing hatte er die Notrufnummer nicht mehr vergessen. Sobald er mit der Notrufzentrale verbunden war, informierte er die Dame am Telefon über das Geschehene: »Hallo! Ich bin hier am Strand von Rantum. Ich habe gerade einen verletzten Mann gefunden. Er ist bewusstlos und sieht übel zugerichtet aus. Ich denke, sie sollten auch eine Polizeistreife mitschicken ... meine Personalien? Die sind jetzt egal, ich muss schauen, dass der Kerl Luft kriegt. Die Trachtler[4] können dann ja meinen Ausweis haben. Also die Polizisten halt ...«

Er warf das Handy zurück auf sein Handtuch und rannte zu dem Mann, der noch immer nicht bei Bewusstsein war.

Die Atmung kontrollierend untersuchte er ihn auf weitere Blutungen, die zu stillen wären. Doch außer den Wunden im Gesicht und einer kleinen Blutung aus dem linken Ohr war nichts weiter zu finden. Der Mann trug teure Kleidung und wirkte – die Verletzungen mal ausgeblendet – sehr gepflegt.

»Wer hat dich denn so zugerichtet?«, murmelte er vor sich hin, als er von Weitem Sirenen hörte. Es dauerte keine zwei Minuten, bis die beiden professionellen Helfer ihre Köfferchen neben das vermeintliche Prügelopfer gestellt hatten und mit der medizinischen Versorgung begannen. Die Polizei erschien wenige Minuten danach. Es blieb

---

4 Bayerische Bezeichnung eines Polizisten; nimmt Bezug auf die ›Tracht‹ ihrer Uniform.

gerade noch Zeit, seine Frau zu informieren, und schon wurde er dienstlich ›in die Mangel genommen‹. Zwei Uniformierte bauten sich vor ihm auf.

»Sie schon wieder«, vernahm er eine Stimme, die ihm bekannt vorkam. Nach genauerem Hinsehen erkannte er den Beamten als jenen Polizisten, der ihn am Flughafen aufgehalten hatte.

»Grüß Gott. Also, äh, guten Tag.«

Er wurde von beiden intensiv gemustert.

»Sie haben also den Verletzten gefunden. In welchem Verhältnis stehen Sie zu ihm?«

»In einer Art ›schleicht-sich-an-und-fällt-mir-vor-die-Füße-Verhältnis‹, würde ich sagen.«

Der zweite Polizist kramte einen Block und einen Bleistift à la Columbo aus der Tasche und fragte: »Wie bitte?«

»Ich kenne den Menschen gar nicht. Ich hab aufs Wasser rausgschaut, wie's eam plötzlich zuwabrackt hat.«

Der Polizist hob fragend die Brauen.

»... als er vor mir danieder fiel.«

Die beiden Staatsbediensteten wechselten einen Blick.

»Sie haben ihn also noch nie gesehen?«

»Na, i moan ... Nein! Ich bin ja erst seit gestern in Sylt.«

»Auf Sylt. Nicht ›in‹. Sylt ist eine Insel«, wurde er korrigiert.

»Dann frage ich mich, warum man da mit dem Zug herfahren kann.«

Erneut wechselten sie einen Blick.

»Sie kennen den Herrn also nicht, wissen nicht, wie er hierher kommt, und haben auch niemanden sonst gesehen? Gut, dann können Sie bei dem Kollegen, der gerade Ihre Familie befragt, noch Ihre Personalien abgeben und sind für heute entlassen. Wir kommen allerdings gegebenenfalls noch auf Sie zurück.«

»Passt. Servus!« Er drehte sich um und stapfte durch den Sand zu seiner Familie. Mit Polizisten hatte er einfach kein Glück. Nirgends. Als er bei ihnen ankam, gab er noch kurz seine Personalien an und umarmte dann seine Frau.

»Haben die Kinder nichts mitbekommen?«

Seine Frau schüttelte den Kopf.

»Die sind so fertig, die haben den ganzen Rummel verschlafen.«

»Gott sei Dank!«

Sie packten die Badesachen, jeder nahm ein Kind auf den Arm und sie machten sich auf den Weg Richtung Parkplatz. Gefühlte einhundert ›Mir-fällt-der-Arm-ab-Pausen‹ später hatten sie ihren Mietwagen erreicht und konnten Rantum in Richtung Westerland verlassen.

Den Mann, der sie von den Dünen aus beobachtete, bemerkte niemand.

Stalking

Als sie am nächsten Morgen gefrühstückt hatten und die Kinder in ihrem Zimmer mit ihren Puppen spielten, schalteten sie das Radio pünktlich zu den Sylter Nachrichten ein.

»Gestern ereignete sich ein Gewaltverbrechen am öffentlichen Strand von Rantum. Ein bislang noch nicht identifizierter Mann wurde mit zahlreichen Verletzungen aufgefunden und ist bisher nicht ansprechbar. Laut Auskunft der Polizei gibt es einen Zeugen, der bereits erste Hinweise liefern konnte. Sobald wir mehr wissen, werden wir sie hier informieren.«

Er drückte auf ›Off‹ und wandte sich an seine Frau: »Was soll denn der Schmarrn? Ich habe ›Hinweise geliefert‹. Ich glaub, denen brennt der Hut. Ich habe doch gar nichts gesehen.«

»Ist ja egal, oder?«

Er schnaubte verächtlich. Sein Schatz versuchte, das Thema zu wechseln.

»Was machen wir heute? Sollen wir mal in die Fußgängerzone hier in Westerland gehen?«

Er nickte nur und trank sein drittes Haferl Kaffee aus. Ein Tiefatemzug zeigte an, dass er das Thema ad acta gelegt hatte. Vorerst.

Von ihrer Ferienwohnung aus hatten sie einen kurzen Fußweg zu bestreiten, vorbei an diversen kleinen Teeläden, den seltsam schräg stehenden grünen Riesen und mehreren Fahrradvermietungen. Die älteren Gebäude auf Sylt vermochten durchaus zu begeistern: Backsteinbauten, teils mit Reetdach und vielen kleinen Gauben. Idyllisch, norddeutsch. Einfach sehr, sehr schön. Als sie die Einkaufsmeile erreicht hatten, war er in einer totalen Urlaubsstimmung angekommen. Selbst die Kinder erfreuten sich an ihrer Umgebung. Lautstark.

Während er sich gerade an einem Geschäft mit Sylter Bildbänden die Auslage besah, kletterten die Kleinen auf einen Kinder-Fahrautomaten in Form eines roten Helikopters.

»Dürfen wir fahren?«

»Nein!«

Er mochte solche Gerätschaften nicht besonders, schüttelten sie doch die zahlenden Gäste nur etwas durch. Der Kosten-Nutzen-Faktor ging seiner Meinung nach gegen Null.

»Bitte!«

»Nein!«

»Bitteeeeee!«

»Na, von mir aus!«

»Machst du ein Foto?«

Sie setzten ihr bestes Lächeln auf und freuten sich ein Loch in den Bauch, weil der Helikopter nun hin- und herschaukelte und dabei das gleiche Geräusch, wie alle anderen Fahrautomaten auch machte: ein undefinierbares Knirschen, gepaart mit dem Geräusch einer defekten Motorsense. Hätte man in seiner Arbeitsstelle solch eine Geräuschkulisse, würde die zuständige Berufsgenossenschaft das Tragen von Hörschutz verlangen.

Während er nun so dastand und seinen Kindern bei der überteuerten Attraktion zusah, bemerkte er aus dem Augenwinkel jemanden, den er schon auf dem Weg zur Fußgängerzone gesehen hatte. Mehrmals. Jedes Mal, wenn sie selbst irgendwo hielten, blieb dieser Jemand auch stehen. Leider konnte er ihn nicht genau sehen, da er keine Brille dabei hatte und der vermeintliche Verfolger auch einen Abstand von fünfzig bis einhundert Metern beibehielt. Irgendwie kam er ihm aber bekannt vor.

Durch eine sich an sein Bein klammernde Fünfjährige wurde er aus seinen Gedanken gerissen.

»Dürfen wir mit dem Auto auch noch fahren?«

»Nein!«

»Bitte!«

»Nein!«

»Bitteee!«

»Na, von mir aus!«

Manchmal hasste er sein weiches Rückgrat. Sollte er jemals biosystematisch taxiert werden, konnte nur die Nomenklatur »Wirbellose« auf seine Art Mensch Anwendung finden.

»Machst du ein Foto?«

Fünf Bekleidungsgeschäfte und sieben Fahrgeschäfte später hatten sie die Fußgängerzone durchschritten und waren am Deich angekommen. Sie lasen gerade die Speisekarte eines Strandlokals, da sah er aus dem Augenwinkel wieder diesen vermeintlichen Verfolger. Er stand an einer Bank und beobachtete sie. Zumindest wirkte es aus der Entfernung und bei seiner Dioptrien-Zahl so.

Er musste seine Frau von dem Verdacht in Kenntnis setzen.

»Schatz, ich habe das Gefühl, wir werden gestalkt.«

»Bitte?«

»Gestalkt.«

»Gestalkt?« Sie zog die Augenbrauen hoch.

»Stalking. Wenn zwei schön miteinander spazieren gehen, aber nur einer von den beiden davon weiß!«

»Ja, ich weiß schon, was Stalking ist. Aber wie kommst du auf die Idee?«

»Der Hamperer da hinten läuft uns dauernd hinterher.«

»Welcher?«

Er versuchte, ihn wiederzufinden, doch er war wie vom Erdboden verschluckt.

»Jetzt sehe ich ihn auch nicht mehr.«

»Ich glaube, du unterzuckerst. Lass uns essen gehen.«

Sein Schatz wusste um die männliche Psyche. Voller Magen ist gleich zufriedener Mann.

»Wenn überhaupt, dann bin ich im Unterbier, nicht im Unterzucker.« Er liebte den Begriff ›Unterbier‹. Zeigte er doch ganz klar, dass der bayerische Organismus eine tägliche Ration von Hopfen und Malz benötigte, um im Rahmen normaler Parameter funktionieren zu können.

Nach einer entsprechenden Portion Fleisch und Bier freute er sich auf einen Verdauungsspaziergang am Strand. Die Fähigkeit, den immer noch vorhandenen Verfolger zu entdecken, hatte er mit dem dritten Weißbier ertränkt. Seine Ängste waren definitiv Nichtschwimmer.

Nachmittags wurde kurzerhand beschlossen, noch etwas Zeit am wundervollen Strand von Rantum zu verbringen. Da es sich für die kurze Zeit nicht rentierte, einen Strandkorb zu mieten, hatten sie eine kleine Strandmuschel eingepackt, unter der sie Schutz vor der Sonne finden würden. Sie sollte ja schnell aufgebaut sein.

Entgegen der landläufigen Meinung zu Männern und deren Abneigung gegen Bedienungsanleitungen, packte er zuerst das an der Tragetasche befestigte Stück Papier aus, in der Hoffnung eine Aufbauanleitung zu finden. Leider handelte es sich jedoch nur um ein Foto der fertigen Muschel. Der Aufbau sollte wohl selbsterklärend sein.

Zehn Minuten später hatte er vier Schlaufen ausgerissen und mit Gewalt zwei Kunststoffstäbe durch einen Saum gezwungen, der dafür nicht vorgesehen war. Die ganze Zeit über begleitet von der Erinnerung an den Kauf.

»5,99 Euro finde ich teuer genug!«, hatte er erwidert, als seine Frau ihn dazu bringen wollte, eine ähnlich aussehende Muschel für fast vierzig Euro zu kaufen. »Das ist doch alles nur Betrug. Die wurde bestimmt im selben Werk produziert. Und hinterher kam ein anderes Logo drauf, fertig. Nein, nein. Darauf falle ich nicht herein. Wir nehmen die Billigere.«

Während er an diese Diskussion zurückdachte, ging eine andere Familie an ihm vorbei und packte gerade eben diese teurere Sonnenmuschel aus. Inmitten des ›Trümmerfeldes‹ aus Fiberglasstäben, Nylontuch und Gewebeschlaufen stehend, beobachtete er den Vater der Familie, wie dieser sein mit viel zu viel Geld bezahltes Pendant aus der Tasche zog, in die Luft warf und innerhalb des Bruchteils einer Sekunde einen fertigen Sonnenschutz vor sich stehen hatte.

Nun besah er sich die verschiedenen Teile, die um ihn herum verteilt waren.

»Zefix!«, dachte er sich und bereute diesen gedanklichen Fluch augenblicklich. Fluchen mochte er nämlich gar nicht. Aber seine Frau durfte nicht schon wieder recht behalten. Er musste wenigstens auf den ersten Blick einen ähnlich guten Aufbau zustande bringen wie die Familie nebenan.

Erneut zwang er die Konstruktion in eine Form, die in etwa dem Bild auf der Verpackung entsprach, und beendete die peinliche Aufbauaktion pünktlich zur Rückkehr seiner Familie aus der Umkleide.

Seine Frau besah sich die Muschel mit hochgezogenen Augenbrauen.

»Bist du sicher, dass das so gehört?«

»Ja! 1-a. Ein super Teil«, versuchte er sich selbst einzureden.

»Na dann.«

Er konnte den leichten Sarkasmus in ihrer Stimme hören.

Schlechte Qualität hin, laienhafter Aufbau her, sobald sein Schatz und die Kinder den Strand entlangliefen, um Muscheln zu suchen, legte er sich in die Nylonkonstruktion und schloss die Augen.

Der Urlaub hatte seltsam begonnen. Zunächst waren sie auf der Fahrt vom Flughafen zur Ferienwohnung von der Polizei aufgehalten worden. Dann die Ereignisse am Strand. Ob zu Hause alles in Ordnung war? Langsam driftete er in den Schlaf.

Plötzlich wurde er wachgeschüttelt. Jemand packte ihn am Kragen. Als er die Augen öffnete, stand eine vermummte Person über ihm und fragte ihn leise, aber aggressiv: »Was hast du gesehen? Was hast du der Polizei gesagt? Raus damit!«

Er wusste nicht, wie ihm geschah.

»Was? Wovon sprichst du?« Er war völlig verdutzt und versuchte halbherzig, den Angreifer abzuwehren.

»Was du gestern gesehen hast, will ich wissen! Du bist Zeuge, stand in der Zeitung. Zeuge wovon?«

Jetzt dämmerte es ihm. Der Täter der gestrigen Attacke auf den unseligen Mann am Strand hatte ihn am Kragen, was bei ihm eine ordentliche Portion Panik auslöste. Wie wild schlug er um sich, um den Kriminellen von sich zu stoßen. Erst als er um Hilfe rief, ließ dieser ihn los und lief davon.

»Und außerdem hab i nix gseng, du Saudepp!«, rief er ihm noch hinterher, um etwaigen neuen Angriffen vorzubeugen. Als sein Gegner über den Deich geflohen war, sah sich der immer noch verdutzte Familienvater um. Niemand in Sicht. Kein Mensch hatte es gesehen. Er konnte es schon förmlich hören: »Vielleicht haben Sie das ja nur geträumt. Sind Sie sich da sicher?« Und wenn er dazu noch bedachte, dass es die Urlaubsqualität seiner Familie sehr einschränken würde, wenn sie ihm glaubten, dann schien ihm eine Nichterwähnung des gerade Geschehenen am sinnvollsten.

Einziges Problem an der Sache: Nun hatte er selbst Angst, irgendwo allein zu sein.

Zu Hause hätte er wenigstens Inara, seine Boxerhündin, dabei. Sie war zwar selbst ein ausgemachter Feigling und würde auch nicht wirklich jemanden abwehren können, doch allein durch ihre Statur schreckte sie zumindest ab. Gerade eben hätte dies wahrscheinlich schon gereicht.

Als er sich wieder in die Sonnenmuschel setzte, kam ihm der Angriff bereits unwirklich vor. Er wurde sich gewahr, dass ihm die Stimme bekannt vorkam. Er ließ sich die Worte noch einmal durch den Kopf gehen. Hörte sich der Angreifer nach seinem alten Schulkameraden Fredl an? Oder täuschten ihn seine Sinneseindrücke? Keine zwei Minuten war es her, dennoch war er sich selbst nicht mehr sicher, was gerade genau passiert war, und ob ihm seine Erinnerungen nun einen Streich spielten. Völlig verwirrt beschloss er, alles vorerst für sich zu behalten.

Stalking, die Zweite

Am nächsten Tag stand etwas ganz Besonderes auf dem Programm. Eine Schifffahrt zu den ›Seehundbänken‹.

Im Norden der Insel, um genau zu sein in List, gab es die Möglichkeit, mit einem alten Fischerboot Sandbänke anzusteuern, auf denen stets Seehunde zu finden waren.

Nach der kurzen Autofahrt zum Küstenort sollte zunächst eine Fahrkarte gelöst werden. Dies gestaltete sich sehr einfach, waren doch Kartenverkauf und Anlegestelle ganz nah am Parkplatz gelegen.

Des Weiteren gab es auch eine ganze Reihe kleiner Läden, in denen man die üblichen Inselsouvenirs kaufen konnte. Von Stofftieren, Bekleidung und Uhren bis hin zu allen Arten von Literatur und Dekogegenständen gab es eine große Auswahl. Für die ganze Familie fühlte es sich so an, als würden sie in eine völlig fremde Kultur eintauchen. Interessant, fremdartig und schön, so nahmen sie die Atmosphäre wahr. Sie bekamen eine Idee davon, wie sich Urlauber in Bayern fühlen mussten. Mit all den deftigen Speisen, der weiß-blauen Romantik, der Bierkultur und den vielen weiteren Eigentümlichkeiten Bayerns.

Er kam so richtig ins Schwelgen. Jede Region hatte ihre schönen Seiten. Wer wollte schon entscheiden, was besser sei, Berge oder Meer? Schweinebraten oder Scholle? Nordisches Bier oder Weißbier? Gut, Letzteres war ein blödes Beispiel, Weißbier war nun einmal nicht zu toppen, schon gar nicht mit den kleinen Gläschen, die man hier benutzte. Er erinnerte sich an einen Spruch, den er kürzlich gelesen hatte: »Ich habe heute fünf Weißbier getrunken. Für alle Nichtbayern: Das sind 257 Kölsch.« Mal ganz ehrlich: 0,33 Liter Flasche und 0,2 Liter Glas. ›Dyskalkulie‹ nannte man so etwas.

Tja, Bayern und sein Bier.

Langsam bekam er Durst von all den hopfenhaltigen Gedankengängen. Just als er sich wieder nach seiner Familie umsehen wollte, standen völlig unvermittelt Fredl und Käthe vor ihm.

»Hallo!« Käthe umarmte ihn natürlich sofort. Sehr zögerlich ließ er sie gewähren, den drohenden Blick seines alten Schulkameraden verdrängend.

»Mensch, was macht ihr zwei denn hier?«

»Shopping!«, antwortete die künftige Angestellte. »Den nächsten Lohn ausgeben, quasi.«

»Hier gibt es wirklich tolle Souvenirs. Die Plüsch-Robben da vorne finde ich süß.« Gut, dass er sich so genau umgesehen hatte.

»Wir fahren jetzt mit dem Boot zu den Seehundbänken. Die Kinder sind schon vogelwild darauf. Aber ich muss jetzt eh gehen. Das Boot legt in zehn Minuten ab.«

Demonstrativ streckte er Käthe die Hand hin, um eine weitere Umarmung zu vermeiden, und tatsächlich: Sie beließ es bei einem kräftigen Händedruck. Fredl gab noch einen freundlichen Rat mit auf den Weg: »Pass auf, dass du nicht ins Wasser fällst. Wäre schade um dich.«

»Nett, der Fredl«, dachte er sich. Wiewohl er einen undefinierbaren Unterton in dessen Ratschlag wähnte.

Seine Kinder hatten gerade wieder einmal einen Kinder-Fahrautomaten entdeckt und seinem Schatz die nötigen zwei Euro – ja, in Sylt ist wirklich alles teurer – aus dem Kreuz geleiert, um von einem kleinen Helikopter durchgeschüttelt zu werden.

»Wir müssen dann mal an Bord. Wer hat Lust auf Robben?«

»Ich!«, rief die Kleine.

»Gehen wir denn schon essen?«, fragte die Große.

»Wir essen die Robben nicht, wir schauen sie bloß an. Aber ich mag deine Art, zu denken«, musste er schmunzeln.

Sie gingen händchenhaltend, in bester FC-Bayern-Manier als Viererkette, die einhundert Meter zur Anlegestelle. Die Karten wurden von einem Seemann überprüft und schon durften sie an Bord eines großen Fischerbootes – zusammen mit etwa zwanzig weiteren Freizeitseemännern und -frauen. Sie setzten sich auf die Bänke, die an der Reling entlang angebracht waren, und winkten den Menschen, die am Hafen standen.

Während er diese Atmosphäre auf sich wirken ließ, sah er Fredl am Hafen stehen und ihn anstarren. Nicht, dass er winkte, lächelte oder sonst irgendeine Regung zeigte. Er starrte ihn nur an. So intensiv, dass er davon eine Gänsehaut an den Beinen bekam. »Wieso gerade an den Beinen?«, fragte er sich. Doch er wusste keine Antwort.

Der Ausflug mit dem Boot war jedenfalls ein voller Erfolg. Einer der Seemänner ließ zwischendurch ein Netz ins Wasser und zog einige Meeresbewohner auf das Boot. Die Kinder durften frisch gefangene Seesterne streicheln, Krabben in die Hand nehmen und er selbst erfreute sich an einer frisch gefischten Auster. Genüsslich biss er sich durch das salzig knirschende Glibbervieh. Fehlte nur noch ein schönes Glas Lugana. Zur Not auch Riesling. Hauptsache trocken und in Form einer ganzen Flasche.

Die Kinder indessen hatten kein großes Interesse an den Robben, die weit vom Boot entfernt in der Sonne lagen, nein, sie bevorzugten all das Meeresgetier, das sie in die Hand nehmen konnten. Dennoch: Das Meer, die zufriedenen Kinder, die omnipräsente Natur und dies alles zusammen mit seiner Familie genießen zu können …

Er war glücklich.

Zufrieden.

Entspannt.

Auf der Rückfahrt zum Hafen stellte er sich soweit wie möglich an den Bug und schaute auf das Meer. In den letzten Jahren hatte er mehrmals Gefahr für Leib und Leben erfahren und in diesen Situationen war sein Leben an ihm vorbeigezogen.

Dies geschah auch jetzt, jedoch auf eine komplett andere Art und Weise. Er bemerkte die Belanglosigkeit der eigenen Existenz im Kontext des Universums, die Knappheit des Lebens, und damit die Verschwendung von Lebenszeit durch Arbeit, Konsum und Zerstreuung. Zudem erkannte er, dass nur die Schöpfung die Macht und Liebe Gottes zu offenbaren vermochte, und diese völlig kostenlos, vorurteilsfrei und glückselig machend zur Verfügung gestellt wurden.

»Danke, Gott!«, ging es ihm über die Lippen.

Er erfuhr eine Beseligung, an die er sich noch Jahre später erinnern würde.

Wie er von Bord ging, wie sie zur Wohnung fuhren, was sie an diesem Tag sahen und taten, an all das würde er sich nicht mehr erinnern. Doch dieses übermächtige Glücksgefühl, dieses Empfinden, plötzlich das Universum zu verstehen, diesen Einblick in die Größe Gottes würde er nie wieder vergessen, denn er erlebte es bei jedem Aufeinandertreffen mit dem Meer.

Als er an diesem Abend in seinem Bett lag, fühlte er sich leicht, frei, glücklich.

Keine Sonnenmuschel-Schüttler, keine furchteinflößenden Fredls und keine dauerumarmenden Käthes konnten diese Emotionen beeinträchtigen.

Sylt hatte wieder einmal ganze Arbeit geleistet.

Letzter Feinschliff

Als sie nach einem erholsamen restlichen Urlaub die Rückreise antraten, freuten sie sich allesamt auf ihr Zuhause. Eine ausreichende Dosis seines Beruhigungsmittels hatte für einen guten Flug gesorgt und die Hoffnung, eines Tages mit seiner Familie an die Nordsee ziehen zu können, hatte über den Trennungsschmerz vom salzigen Nass hinweggetröstet.

Außerdem hatte er nun seinen ersten Schritt in die Selbständigkeit möglichst problemarm zu meistern.

Als sie die erste Nacht wieder in Bayern verbracht hatten, konnte er es kaum erwarten, die in der Zwischenzeit sorgsam aufgebaute Inneneinrichtung der Praxis zu begutachten. Nach dem Frühstück machte er sich also mit Kind und Kegel auf den Fußmarsch zu seinem neuen Arbeitsplatz. Leichter Nieselregen und ein wolkenverhangener Himmel stellten die Zeichen auf Herbst. Der tags zuvor noch von der Tierpension abgeholten Inara machte dies aber nichts aus – sie war einfach nur glücklich, ihre Menschen wiederzuhaben.

Nachdem er die Praxis aufgeschlossen hatte, ließ er mit einer einladenden Handbewegung zunächst seine Frau eintreten. Diese kommentierte seine Geste: »Wenn ein Mann seiner Frau die Autotür aufhält, ist entweder die Frau neu oder das Auto. In diesem Fall die Praxis.« Als sie an ihm vorbeiging, gab sie ihm einen Kuss auf die Lippen.

Auf diese Weise betraten sie in einem Pulk aus vier Menschen und einem Flohtransporter die Garderobe. Toll sah sie aus. Der Kleiderständer war aus dunklem Holz gefertigt, der Fußboden bestand aus unbehandelten Eichendielen. Rustikal, aber sehr stylish. Das Wartezimmer hingegen war etwas wohnlicher eingerichtet, mit hellen Holzstühlen und einem großen Tisch in der Mitte, auf dem er jede Menge Zeitschriften auszulegen gedachte. Als er daranging, sein künftiges ›Allerheiligstes‹, seinen Behandlungsraum zu betreten, spürte er, wie sich sein Puls beschleunigte.

»Ui, bin ich aufgeregt«, gestand er.

Die Boxerhündin trappelte zu ihm, gerade so, als hätte sie seinen Gemütszustand erahnt. Er beugte sich zu ihr hinunter und knuddelte sie.

»Jetzt schau ma 's an, gell?«

Sie wedelte mit dem Schwanz und freute sich mit. Zu sehr. Sie pieselte vor lauter Freude auf den UNBEHANDELTEN Holzboden.

»Schatz! Inara hat auf den Boden gepinkelt!«

Im Angesicht menschlicher wie tierischer Ausscheidungen war er seit jeher paralysiert. Es ekelte ihn dermaßen davor, dass er nur dastehen und um Hilfe rufen konnte.

Seine Frau kam aus dem Wartezimmer, sah die kleine Lache, rollte mit den Augen und ging in Richtung Toilette.

»Dann wischen wir das auf, gell Inara, sonst graust es dem Herren Therapeut zu sehr«, frotzelte sie. »Wahrscheinlich ist ihm selbst auch nach freudigem Pinkeln zumute.«

Sie betrat die Toilette, blieb in der Tür stehen und drehte sich zu ihm um.

»Wieso ist da kein Toilettenpapier?«

Er hatte in all dem Chaos doch glatt vergessen, neues zu kaufen, nachdem er es zwecks Möbelpositionierung verbraucht hatte.

»Ups. Das war gewissermaßen eine Investition in eine ideale Einrichtung.«

Langsam sorgte er sich um den neuen Boden. Er hatte allerdings noch sein Taschentuch in der Hose. Er überreichte es seiner Frau.

»Kannst dann wegschmeißen. Ich nehme es nicht mehr her.«

Sie seufzte, und wischte die kleine Urinpfütze auf, woraufhin sie das Taschentuch in das WC trug. Nun wurde er gewahr, dass er noch etwas vergessen hatte.

»Schatz, hier fehlt noch ein Mülleimer!«, hörte er die Stimme seiner Frau. Die Einrichtung würde wohl doch noch etwas Zeit in Anspruch nehmen. Gut, dass die Eröffnungsfeier erst eine Woche später geplant war.

Irgendwie war er mit dem Finetuning einer Inneneinrichtung auch überfordert. Daher übernahm seine Frau diese Aufgabe. Und sie machte es perfekt.

Als er zwei Tage später erneut die Praxis aufsuchte, sah es ganz anders aus. Wohnlich. Schön. Sein Schatz hatte nun mal einen Sinn für Innenarchitektur. Wie sehr er sie liebte!

Am Wochenende nach der Eröffnung würden sie Hochzeitstag haben. Er musste einfach ein perfektes Geschenk für sie finden. Das durfte er nicht vergessen.

Praxiseröffnung

Montagmorgen. Tag der Eröffnung.

In dieser Nacht hatte er nichts geträumt. Genau genommen hatte er nicht geschlafen. Viel zu groß war die Aufregung des neuen Lebensabschnittes. Er würde auf Käthe, seine neue Angestellte treffen – hoffentlich diesmal ohne den unangebrachten Austausch von Zärtlichkeiten. Und ohne ihren unheimlichen Freund Fredl.

Zwei Stunden vor der ersten Patientin hatte er Käthe einbestellt und sie gingen gemeinsam alle Abläufe durch – natürlich nach der obligatorischen, viel zu langen Umarmung. Der Fangoofen wurde eingeschaltet, die Kaffeemaschine in Bereitschaft versetzt und die Liegenheizung auf Maximum gestellt.

Dann war es soweit.

Frau Bernreuther.

Schon an seinem vorigen Arbeitsplatz hatte er sie jahrelang betreut. Sie war eine ältere Dame, die er sehr lieb gewonnen hatte, obwohl sie immer wieder Geschichten über Pfarrkirchen erzählte, die hinten und vorne nicht stimmten. Gerne las sie Boulevardmagazine, jedoch beschränkte sie sich auf die spektakulären Überschriften und füllte die lückenhafte Faktenlage fantasievoll auf. Schon oft war er darauf hereingefallen. Doch was er nun erlebte, hatte er nicht erwartet. Sie begrüßte ihn mit einem Strauß Blumen.

»Herzlichen Glückwunsch zur neuen Praxis!«

Verlegen nahm er das Bukett entgegen und bedankte sich.

»Mensch, das hätte es doch nicht gebraucht, Frau Bernreuther. Da suchen wir gleich mal ein nettes Platzerl.«

Er ging schnell zum Empfang und überreichte seiner Angestellten die Blumen.

Sie lächelte ihn verschmitzt an. »Oh, das hatte ich gar nicht erwartet. Das wäre doch nicht nötig gewesen.« Sie genoss den Gedanken, von ihrem Chef ein Geschenk zu bekommen.

»Ich weiß. Die sind auch nicht für dich. Die habe ich bekommen. Würdest du sie bitte in Wasser stellen?«

Die Enttäuschung stand ihr ins Gesicht geschrieben. Wortlos nahm sie die Blumen entgegen und verließ den Empfang. Er hätte sie gerne beschwichtigt, aber Frau Bernreuther wartete im Behandlungsraum.

»Na, wie gefallen Ihnen denn die neuen Räume?«, eröffnete er das Gespräch.

»Sehr schön. Das hat bestimmt Ihre Frau dekoriert, oder?«

Warum dachten immer alle, ein Mann wäre dazu nicht in der Lage. Was ja in seinem Fall auch so war, dennoch …

»Ja schon. Sie kann das besser als ich.«

»Aber wissen Sie, ich hätte nicht in so einem, sagen wir mal ›mäßigen‹ Viertel, meine Praxis eröffnet. Zwei Straßen weiter ist eine Gemeinschaftsunterkunft für Asylbewerber. Haben Sie da keine Angst vor den ganzen Ausländern da?«

Jeden anderen hätte er nun über die mangelnde Trefferquote bei Vorurteilen belehrt. Oder zumindest darauf hingewiesen, dass er in seinen Räumlichkeiten keine fremdenfeindlichen Aussagen hören mochte. Aber bei Frau Bernreuther war er nachsichtig. Es lag schlichtweg an ihrem Horizont. Und es war auch weniger Fremdenfeindlichkeit, als Angst vor dem Unbekannten. ›Was der Bauer nicht kennt, das frisst er nicht.‹

In diesem Sinne ließ er es dabei bewenden und verneinte die Frage einfach nur, wenngleich er ein wenig Belehrung nicht zurückhalten konnte.

»Nein, da habe ich keine Angst. Weder Hautfarbe noch Herkunft sind für mich von Bedeutung. Es zählt immer nur der einzelne Mensch. Und da gibt es nun mal überall solche und solche.«

Und dann ging es los. Er wurde mit einer allumfassenden Aneinanderreihung von vermeintlichen Fakten zur kriminalistischen Umgebungssituation bombardiert. Irgendwann wurde es ihm zu viel.

»Frau Bernreuther. Das Thema hatten wir schon so oft. Als bei meinem Nachbarn und bei mir eingebrochen wurde zum Beispiel. Übrigens waren das Einheimische. Oder damals in Bad Füssing: Auch das war ein Deutscher. Ich mag so etwas gar nicht hören. Was gibt es denn heute bei Ihnen zum Essen?« Dies war das einzige Thema, das seine Stammpatientin mehr interessierte, als (fingierte)

Verbrechensstatistiken: Essen. Sofort begann sie also, von ihren Leibspeisen zu berichten. Im Speziellen Schweinebraten, Drahdewixpfeiferl[5] und Brathendl. »Hoffentlich ernährt sie sich auch noch von etwas Gesundem!«, dachte er sich bei dem kalorienreichen Gesprächsthema.

Eine halbe Stunde später hatte er seine erste Patientin als Selbständiger behandelt, so viel über Essen gesprochen, dass er unter Sodbrennen litt und damit den ersten Vormittag geschafft.

Er setzte sich auf seinen Rollhocker und blickte sich um. Das war es also nun, sein Leben für den Rest seiner beruflichen Laufbahn. Eine schön möblierte Praxis in der Stadt, die er so sehr liebte. Im Prinzip sollte er glücklich sein. Doch in den letzten Jahren hatte sein Leben solch seltsame Wendungen genommen, ihn so oft verwirrt, geängstigt und doch wieder glücklich sein lassen. Während er seine Straßenschuhe anzog, kam er zu dem Schluss, dass die Lebensqualität wohl nur sehr bedingt von materiellem Besitz oder dem Beruf abhing. Seine Familie beispielsweise war eine Wonne. Seine Frau betrachtete er als sein größtes Lebensglück. Seinen Hund als die Komponente »Volldepp«, die jedes Leben beinhalten sollte. Doch all diese Wesen erfüllten ihn auch mit Furcht. Furcht, dass seinen Lieben etwas zustoßen könnte. Immer wieder hatte er mit solchen Ängsten zu kämpfen.

---

5 Niederbayerische Fingernudeln. Im Allgemeinen mit Sauerkraut und Speck serviert.

Gerade als er den Behandlungsraum verlassen wollte, öffnete Käthe die Tür und streichelte ihm über den Arm.

»Na, den ersten Patienten geschafft? Schön.«

Er fühlte eine Gänsehaut, aber keine Positive. Es handelte sich eher um eine Art Unwohlsein.

»Käthe, dua jetz amoi deine Grabscher weg!«

Hatte er das jetzt laut gesagt?

»Wie bitte?«

Er hatte es laut gesagt.

»Ich mag nicht gern angefasst werden. Und wo wir schon dabei sind: Ich hasse Umarmungen, außer sie kommen von meiner Frau oder meinen Kindern.«

Käthe wirkte irritiert. »Entschuldigung!«, erwiderte sie schnippisch und machte auf dem Absatz kehrt.

Er setzte an, etwas zu sagen, doch fehlten ihm die Worte. Nach einem tiefen Seufzer machte er sich auf den Heimweg.

Zeit, den ersten Vormittag in der neuen Arbeit zu bilanzieren und wichtige Aktionen gedanklich abzuhaken.

›Erste Patientin behandelt.‹

Check.

›Kollegin verärgert.‹

Check.

Es musste sich doch noch etwas Gutes finden lassen.

›Auf dem Weg zur Arbeit nicht verlaufen.‹

Check.

Zwei zu eins für den positiven Start. Damit konnte er leben.

Seine Mittagspause verbrachte er bei mentaler Abwesenheit mit einer hervorragenden Mahlzeit. Die ganze Zeit über dachte er nämlich über seine Angestellte und das unglückliche Gespräch mit ihr nach. Als die Kinder den Tisch verlassen hatten, um vor den Hausaufgaben – ja, die gab es heutzutage bereits im Kindergarten – noch eine halbe Stunde miteinander zu spielen, beschloss er, seinen wertvollsten Ratgeber zu befragen.

»Schatz, ich muss mal kurz mit dir reden. Ich habe bei Käthe Bedenken.«

Sich weiter dem Abwasch widmend, antwortete sie: »Was meinst du?«

Es fiel ihm schwer, die rechten Worte zu finden.

»Nun, sie, wie sage ich das jetzt, na sie umarmt mich immer.«

Seine Frau schmunzelte und drehte sich kurz zu ihm um. »Und?«

»Mir ist das unangenehm.«

»Das weiß ich schon. Sag ihr das halt.«

Er wurde etwas verlegen. »Das habe ich heute. Dann war sie beleidigt.«

Nun legte seine Frau den Lappen beiseite, trocknete sich die Hände ab und setzte sich wieder zu ihm an den Tisch.

»Hast du ihr wieder unterstellt, sie hätte dich angegraben?«

Natürlich war er wieder selbst schuld. Und wieso überhaupt ›wieder‹? Wie kam sie nur auf diese Unterstellung?

Seine Frau kannte ihn wohl zu gut.

»Ich habe ihr nur gesagt, dass ich nicht umarmt werden möchte.«

»Und in welchem Tonfall?«

Mist, sie kannte ihn wirklich viel zu gut. Kaum hörbar und mit gesenktem Blick antwortet er schuldbewusst: »Dass sie ihre ›Grabscher‹ jetzt mal weglassen soll, hab ich ihr gesagt.«

»Du wieder!«

Wie er diesen Ausspruch hasste!

»Da wirst du noch einmal mit ihr reden müssen. Irgendwie.«

Er setzte zu einer Antwort an, als das Telefon klingelte. Es lag auf dem Fensterbrett direkt neben dem Küchentisch. Er hob ab und wollte sich gerade melden, da begann der Anrufer bereits zu sprechen.

»Mahlzeit! Hier ist der Fredl. Du, ich habe von dem Angriff am Strand auf Sylt gelesen. Und dass ein Bayer Zeuge war und so weiter. Warst du das?«

»War ich was?«

»Na, der Bayer, der alles gesehen hat. Was hast du denn gesehen?«

»Warum wollte Fredl dies jetzt wissen? Wieso sitze ich jetzt hier und diskutiere mit dem Kerl, der mich wegen seiner Freundin, die mich ständig antatscht, schon so angegangen hat?«, nahm sein Geist im Stillen die Arbeit auf.

»Gar nichts habe ich gesehen. Und was geht dich das eigentlich an?«, antwortete er dann.

»Ach nichts. Eigentlich wollte ich dir nur zur neuen Praxis gratulieren. Mit einem herzlichen ›Finger weg von meiner Freundin!‹« Er hörte nur noch ein Klick und das Gespräch war beendet.

»Du bist doch echt richtig in deinem Job als Brezensalzer!«, stellte er fest und starrte dabei das Telefon an.

»Was ist denn?«, wollte sein verwirrter Schatz wissen.

»Lauter Dammische sind auf der Welt unterwegs!«, verlieh er seiner Verwirrung Ausdruck, als er die Küche verließ, um sich zum Zwecke eines Mittagsschlafes auf das Sofa zu legen. »Lauter Dammische!«, schob er nochmals hinterher.

Noch keine zehn Sekunden lag er in entspannter Position, als ihn die zündende Idee gewissermaßen heimsuchte: Er würde einfach in jedem Raum der Praxis ein Foto von sich und seiner Frau aufstellen. Die omnipräsente Liebeserklärung an seine Frau vermochte gewiss jede Form körperlicher Annäherung im Keim zu ersticken. Wie von der Tarantel gestochen sprang er auf und durchsuchte das gesamte Haus nach passenden Lichtbildern. Drei konnte er finden, auf allen anderen Fotos waren nur seine Kinder oder Inara abgebildet. Wartezimmer, Behandlungsraum und Empfang – mehr brauchte er ohnehin nicht. Denn sollte Käthe ihm tatsächlich auf die Toilette folgen, wären sie an einem Punkt angekommen, an dem Fotos ihre Wirkung verfehlt hätten. Dazu komme es nie!

Sorgsam packte er die Bilder samt Rahmen in eine Stofftüte und machte sich nach der Verabschiedung von seiner Familie wieder auf den Weg in die Praxis. An diesem ersten Tag hatte er zwar keine weiteren Patienten, doch musste die gesamte Praxisorganisation durchgegangen sowie die Dokumentation und Abrechnung besprochen werden.

Diesmal wählte er wieder die Route, die ihn an der Bäckerei vorbeiführte. Zwar hatte er Bedenken auf den seltsamen Brezensalzer Fredl zu treffen, doch einer zuckersüßen Mohnschnecke konnte er nicht widerstehen. Als er den Laden betrat, bemerkte er erleichtert, dass eine junge Dame gerade die Brezen in den Backofen schob.

»Was darf es denn sein?«

»Wo ist denn der Fredl?«, wollte er wissen.

»Der arbeitet hier nicht mehr.«

»Gott sei Dank!«, rutschte es ihm heraus. »Oh, Entschuldigung.«

Die Bäckereiverkäuferin musste schmunzeln. »Nein, nein. Sie haben schon Recht. Der Fredl hat nicht alle Latten am Zaun.«

Grinsend zeigte er auf die Mohnschnecke und streckte drei Finger in die Luft. Wenn dieser Unzurechnungsfähige nicht mehr in seiner Hüftgoldproduktionsstätte des Vertrauens beschäftigt war, konnte er ruhig über die Stränge schlagen. Mit einer gut gefüllten Papiertüte verließ er das Geschäft. Doch was sah er da? Auf der gegenüberliegenden Straßenseite stand Fredl und schaute ihn an. Reflexartig hob er die Hand und winkte ihm, ohne jedoch eine Reaktion erkennen zu können. Er stand einfach nur da.

Und starrte.

»Psycho!«, ging es ihm durch den Kopf, als er sich abwandte und schnellen Schrittes zu seiner Arbeitsstelle ging. Bereits nach einer Wegstrecke von etwa zwanzig Metern wandte er sich um, konnte den vermeintlichen Stalker jedoch nicht mehr sehen.

Unheimlich.

Je mehr er auf dem weiteren Fußmarsch über Fredl nachdachte, desto mehr gruselte es ihn. Er wurde das Gefühl nicht los, dass die absonderlichen Ereignisse der letzten Wochen einen gemeinsamen Nenner aufwiesen. Beginnend mit dem verprügelten Mann, der ihm in Sylt vor die Füße gestolpert war. Dem vermummten Angreifer am Strand, der unbedingt wissen wollte, was er denn gesehen und bezeugt hätte. Fredl, der ihn immer wieder wegen seiner neuen Freundin anging. Bis hin zu dem Eindruck, von ihm verfolgt zu werden. Steigerte er sich wieder einmal in etwas hinein? Sollte er mit seiner Frau darüber sprechen? Keine gute Idee – vor einiger Zeit hatte er seine ganze Familie kirre gemacht mit seinen Gedanken und Aktionen. Dennoch: Irgendetwas lief hier gerade völlig falsch. Zusätzlich zu dem alten Schulkameraden, dem ›ein paar Latten fehlten‹, um die Verkäuferin zu zitieren. Vielleicht sollte man ihm mal eine mit der fehlenden Latte überziehen? Bei letzterem Gedanken schwang er die Papiertüte wie einen Prügel über den imaginären Kopf des Ex-Brezensalzers, mit dem Ergebnis, dass die Tüte riss und drei Mohnschnecken auf der Straße landeten. Gerade noch konnte er sie vor einem vorbeifahrenden Traktor retten.

Als er seine Praxis betrat, saß Käthe bereits am Schreibtisch und stierte reaktionslos auf den Bildschirm. Er legte ihr eine Mohnschnecke neben die Tastatur und brachte sein Bedauern über die Art und Weise zum Ausdruck, wie er seiner Abneigung gegen unerwünschte Berührungen Ausdruck verliehen hatte.

»Alles gut?«, schloss er seine Entschuldigung ab.

»Alles gut.«

Mit einem angenehmen Gefühl machte er sich nun daran, in jedem Raum ein Foto von sich und seiner geliebten Gemahlin auf dem Fensterbrett zu positionieren. Nun wirkten die Räume deutlich freundlicher. Sein Schatz konnte nicht nur durch ihre Präsenz jede Abstellkammer zu einem Schloss machen, nein, schon ihr Foto reichte aus, sein Herz höher schlagen zu lassen.

»Da ist einer aber verliebt!«, sprach ihn Käthe von hinten an.

Er nickte. »Du machst dir keinen Begriff.«

Käthe seufzte: »So etwas möchte ich auch mal erleben.«

»Na, du hast doch den Fredl.«

»Ja schon.« Sie klang nicht sehr überzeugt. »Aber er ist immer so unglaublich eifersüchtig. Und aggressiv.«

Er sah, wie sich ihre Augen mit Tränen füllten. Ihm war völlig klar, dass sie nun eigentlich eine Umarmung nötig hätte, aber diese Tür hatte er gerade mit einiger Mühe geschlossen und er würde sie auf keinen Fall mehr öffnen.

Er nicht.

Aber sie.

Ohne Vorankündigung umarmte sie ihn wieder. Doch angesichts des eben Gesagten hatte er nicht die Energie, sie wegzustoßen. Wenngleich er auch die Umarmung nicht erwiderte. Er schaute aus dem Fenster und sah auf dem Praxisparkplatz Fredl stehen. Dieser begegnete seinem Blick. Sollte er je wieder etwas Unheimlicheres zu sehen bekommen, als Fredls Gesichtsausdruck, der ihm gerade durchs Mark fuhr, so müsste dies wohl erst ab achtzehn freigegeben werden.

Nun fand er die Energie, sie sanft von sich fortzuschieben.

»Geht es wieder?«, fragte er.

»Ja. Entschuldigung.«

»Kein Thema. Das war aber bitte jetzt das letzte Mal. Übrigens steht da unten dein eifersüchtiger Freund und hat das Ganze gesehen.«

Sie wurde kreidebleich, drehte sich um und verließ die Praxis. Kurz darauf konnte er sehen, wie sie zu ihrem Freund ging und mit ihm sprach. Er konnte zwar nichts verstehen, doch schienen sie zu streiten. Nach fünf Minuten gingen sie auseinander. Käthe kam zurück in die Praxis.

Schnell spurtete er hinter den Empfang und tat so, als hätte er etwas am PC gemacht. Als er allerdings auf den Bildschirm blickte, sah er nur den Bildschirmschoner. Auch Käthe bemerkte dies und blickte ihn fragend an.

»Ich finde die bunten Muster so schön!«, log er. »Alles klar bei dir?«

»Ja.«

Da er nicht weiter in die Situation hineingezogen werden wollte, beließ er es dabei und ging zurück in seinen Behandlungsraum. In Gedanken korrigierte er sein voriges Resümee von ›Irgendetwas‹ lief hier falsch in ›Einiges‹ lief gehörig falsch.

Drei Stunden später hatte er seine Praxis komplett nach seinem Geschmack durchorganisiert. Käthe war bereits vor einer Stunde gegangen. Also beschloss auch er, Feierabend zu machen. Der nächste Tag war mit sechs Patienten bereits ganz ordentlich vollgeplant und würde sicherlich weitere Schwächen in der Organisation zutage fördern, die er dann direkt beheben würde. In seiner Hosentasche kramte er nach dem Schlüssel und fand dabei das Tütchen Brezensalz, das ihm Fredl kürzlich geschenkt hatte. Er steckte es wieder ein, fand in der anderen Tasche besagten Schlüssel und verließ den Betrieb. Er trat aus dem Gebäude und saugte mit geschlossenen Augen die frühabendliche Luft ein.

Plötzlich packte ihn jemand am Kragen und hämmerte ihn mit dem Kopf gegen die Wand. Als er die Augen öffnete, sah er einen Vermummten vor sich, der ihn anschrie: »Geld her, oder ich mache dich fertig!«

Noch etwas benommen von dem Schock und dem Schlag auf den Kopf konnte er sich nicht wehren. Er riss nur die Augen auf und ängstigte sich vor dem aggressiven Verhalten seines Gegenübers.

Plötzlich jedoch wurde sein Angreifer nach hinten weggerissen, stolperte und überschlug sich. Jemand war ihm zu Hilfe gekommen.

Der Angreifer rappelte sich auf und lief davon.

Unverzüglich bedankte er sich bei den beiden Rettern, doch sie schienen kein Wort zu verstehen. Er versuchte es auf Englisch: »Thank you very much.«

»You're welcome.«

In dieser Sprache konnten sie also kommunizieren.

»Where are you from?«

»Syria. We stay here in refugee home.«

Er holte seine Geldbörse aus der Gesäßtasche und wollte sich erkenntlich zeigen. Doch die Männer winkten ab und sagten: »No problem. No problem.« Ohne ein weiteres Wort gingen sie ihres Weges.

Er erinnerte sich an Frau Bernreuther. »Haben Sie keine Angst vor all den Ausländern da?«, hatte sie gefragt.

Genau. »Der Angreifer sprach hochdeutsch, die Ausländer haben mich gerettet.« Wie unglaublich dumm doch Vorurteile waren. Immer. Ausnahmslos. Er echauffierte sich regelrecht, bis er merkte, dass dies wohl am gesteigerten Adrenalinspiegel liegen musste. Erst jetzt realisierte er, was gerade passiert war. Als Ergebnis bekam er weiche Knie und setzte sich auf den Boden. »Geh leck![6]« , stieß er hervor.

Den Heimweg konnte er erst eine Viertelstunde später fortsetzen. Zu sehr saß ihm der Schrecken in den Gliedern.

---

6 Bayerischer Ausruf der Verwunderung oder des Entsetzens.

Die Faxen dicke!

An diesem Abend verspürte er das dringende Verlangen nach frischer Luft. Als die Kinder zu Bett gebracht waren, entschied er sich daher für einen langen Spaziergang. Er zog sich also eine Jacke über, nahm die Wanderschuhe aus der Garderobe und schickte sich an zu gehen. Inara verstand dies als Einladung für einen zweiten Spaziergang mit Hund. Doch sein Plan war es nachzudenken. Sich über die Geschehnisse der letzten Wochen klar zu werden. Dabei konnte er keine Boxerhündin brauchen, die sich über jeden Apfel auf der Wiese ein Loch in den Bauch freute und dann einen Aufstand machte, wenn sie ihn nicht holen durfte. Nein, es war an der Zeit für einen ›Alleingang‹.

Seine Frau kannte diese Gelegenheiten bereits und wusste, dass es das Beste war, gar nicht erst nachzufragen, warum er denn noch einmal den Weg in die Natur beschritt.

Seinem eigentlichen Vorhaben entgegen schlug er jedoch den Weg in die Stadt ein. Je tiefer er in die Stadt eindrang, desto deutlicher schien für ihn das Gesamtbild der bizarren Ereignisse zu werden. Fredl war eifersüchtig. Gleichzeitig mit ihm und seiner Familie waren auch Fredl und Käthe auf Sylt. Mehrmals hatte dieser Wahnsinnige ebenfalls klargemacht, dass seine Eifersucht sich auch auf ihn als neuen Chef von Käthe erstreckte, und ihm dabei auf eine unheimliche Art nachgestellt. Theoretisch könnte er zudem der Angreifer des unseligen jungen Mannes, der seines Wissens immer noch nicht bei Bewusstsein war, gewesen sein. Dann würden im Grunde alle Angriffe und beunruhigenden Aufeinandertreffen auf Fredl deuten. Ihm wurde schwindelig. Konnte das wirklich sein? Mit den Handflächen das Gesicht reibend beschloss er, sich auf die Umgebung zu konzentrieren.

Die Ringallee in Pfarrkirchen bot eine wundervolle Atmosphäre für einen entspannten Bummel. Er betrachtete die riesigen Kastanienbäume, die lang vor seiner Geburt um die gesamte Altstadt herum gepflanzt worden waren. In wenigen Wochen würde er mit seinen mit Körben bewaffneten Kindern diesen Ort wieder aufsuchen, um Kastanien zu sammeln, die sie später unter Zuhilfenahme von Zahnstochern und Garn zu Figuren, Schlangen und Kartonautos verwandeln würden.

Er fühlte sich wohl unter dem Dach der gigantischen Zeugen vieler Jahrzehnte. Der Weg führte ihn an der alten Stadtmauer von 1555 vorbei, die seine Heimatstadt jahrelang beschützt hatte. Angesichts all der Geschichte, die Pfarrkirchen zu bieten hatte, fühlte er sich sicher und geborgen. Sein Leben schien so unwichtig, so klein im Vergleich dazu. Er setzte sich auf eine der zahlreichen Parkbänke oberhalb des Stadtweihers und besah sich die Dächer der Häuser. Sein gesamtes Leben hatte er hier verbracht. Und auch lange nach seinem Tod würden die Häuser, die Bäume und all die anderen Eigenheiten des Ortes weiterbestehen. Diese Gedanken nordeten ihn ein. Sie machten ihn demütig. Und Demut war eine Eigenschaft, die in der heutigen Gesellschaft fehlte. Mehr als alles andere.

Zum ersten Mal seit Wochen fühlte er sich frei. Genau dreiunddreißig Sekunden lang.

Er atmete gerade tief durch, als er in einer Entfernung von etwa einhundert Metern Fredl auf sich zukommen sah.

Es war an der Zeit für ein klärendes Gespräch.

»Jetzt packe ich die Gelegenheit beim Schopf! Nein, ich packe dich bei Gelegenheit am Schopf!«, sprach er sich selbst Mut zu.

Ruckartig erhob er sich und ging auf den vermeintlichen Übeltäter zu. Jetzt würde er die Sachlage ein für alle Mal klären.

Wie ein Mann.

Ein Mann mit weichen Knien.

Sanka

Wie sollte er ihn ansprechen?

Servus?

Hallo Fredl?

He du?

Irgendwie schienen alle drei Begrüßungen unpassend. Um möglichst beiläufig zu wirken, steckte er seine Hände in die Hosentaschen. Rechts fand er den Wohnungsschlüssel, links das Päckchen Brezensalz, das ihm Fredl kürzlich geschenkt hatte. Ein Prügel oder ein kleiner Kampfhubschrauber wären ihm zwar lieber gewesen, aber er gedachte ohnehin, die Konfrontation verbal zu gestalten, ohne eine Eskalation zu bedingen. Mit physischer Gewalt hatte er nur schlechte Erfahrungen.

Ohne Fredl direkt anzusehen, beobachtete er ihn aus dem Augenwinkel.

Als sie etwa zwanzig Meter voneinander entfernt waren, bemerkte dieser, wer da auf ihn zukam. Beide blieben ruckartig stehen.

»Servus Fredl!«, rief er ihm entgegen und hob die Hand zum Gruß. Sein alter Kamerad erwiderte den Gruß jedoch nicht, sondern holte etwas aus seiner Tasche. Obwohl er nicht erkennen konnte, was Fredl da in seiner Hand hielt, versuchte er, möglichst entspannt zu wirken, während er nun weiter auf ihn zuging. Als jedoch nur noch etwa fünf Meter Kiesweg zwischen ihnen lagen, erkannte er den Gegenstand, den sein Gegenüber in Händen hielt: eine Dose Pfefferspray. Kurz zögerte er deshalb, aber weder würde er einer Konfrontation aus dem Weg gehen, noch vor so einem Brezensalzer zurückweichen.

»Fredl, ich muss mit dir reden. Sag mal, was ist mit dir los? Ständig sehe ich dich, wie du mir hinterher schleichst. Was soll der Mist?«, ging er in die Offensive und versuchte dabei, eine möglichst breite Brust zu zeigen.

»Ich habe dir gesagt, du sollst deine Finger von meiner Freundin lassen.«

»Alter, krieg das endlich in deinen Schädel: Ich will nichts von Käthe! Außer, dass sie pünktlich in der Praxis ist und ihre Arbeit erledigt.«

Fredl wurde zittrig und bekam einen roten Kopf.

»Das habe ich gesehen. In den Armen habt ihr euch gelegen!«

»Erstens: Sie hat mich umarmt. Und zweitens: Sie brauchte Trost. Wegen dir Vollpfosten.« Noch während er dies sagte, packte ihn der überaus erbost wirkende Fredl am Kragen.

»Tu deine Finger weg, sonst kracht es, Fredl. Das war meine letzte Warnung.«

Fieberhaft überlegte er, wie er eine weitere Entgleisung verhindern konnte. Mit einer Hand drückte er den Angreifer von sich, mit der anderen griff er in die Hosentasche und fand das Papiertütchen mit dem Brezensalz. Mit einem

Ruck stieß er seinen Gegner weg, nahm das Salz aus der Tasche und riss das Päckchen auf. Das Tütchen an einem Eck festhaltend, versuchte er, ihm das Salz in die Augen zu schleudern. Dabei glitt es ihm aus der Hand, mit dem Ergebnis, dass er ihm nur ein kleines Päckchen Brezensalz an den Kopf geworfen hatte. Es prallte ab und landete auf dem Boden. Erst dort rieselte das Salz wie in Zeitlupe aus dem Tütchen.

Beide blieben regungslos stehen. Keiner atmete.

»Ich würde ja ›Au‹ sagen, aber dazu hättest du was Härteres nehmen sollen. Wattebällchen, oder so.«

Er sah noch, wie sich Fredls Arm hob. Ein unglaubliches Brennen in den Augen und den Atemwegen raubte ihm die Luft und er fiel um wie ein Sack Kartoffeln. Sich zusammenkrümmend erwartete er weitere Schläge oder Tritte, doch es folgte nichts.

Mehrmals versuchte er, die Augen zu öffnen, aber es schmerzte zu sehr. Immer wieder musste er husten. Es fühlte sich an, als müsse er ersticken. In gebrochenem Deutsch hörte er die Worte »Polizei kommt!« Jemand versuchte wohl, ihn damit zu beruhigen. Ein Passant goss ihm, ohne zu fragen, Wasser über die Augen und es half.

Er konnte die Augen jetzt kurz öffnen und versuchte ruhig zu atmen, doch immer wieder wurde er von Hustenattacken heimgesucht. Wie erleichtert er sich fühlte, als er in einiger Entfernung Blaulicht sah. Im Grunde sah er nur seine Tränen blau flackern.

Im Innern des Rettungsfahrzeuges spürte er eine angenehme Wärme. Um ihn herum piepten zuweilen Gerätschaften, andere summten sonor vor sich hin. Mit geschlossenen Augen lag er auf der Liege, die am Boden des Fahrzeuges befestig worden war.

Zwar hatte man ihm bereits mit irgendeiner Flüssigkeit die Augen gespült, dennoch schmerzten sie noch immer. Vorsichtshalber ließ er sie also geschlossen.

Erstaunlicherweise hatte er während der Fahrt nicht mit dieser Übelkeit zu kämpfen, die er selbst im Sitzen auf der Beifahrerseite normalerweise spürte, nein, er empfand den Liegendtransport in einer Ambulanz als sehr angenehme Art zu ›reisen‹. Wenngleich die Fahrt weniger als fünf Minuten dauerte, hatte bei der Ankunft am Krankenhaus die Reizung der Augen soweit nachgelassen, dass er wieder einigermaßen gut sehen konnte. Bis er letztlich einen Arzt zu sehen bekam – eine knappe Stunde später, um genau zu sein – hatte sich seine Sehfähigkeit nahezu gänzlich normalisiert. Ein Uniformierter der örtlichen Polizeistation hatte die Zeit genutzt, seine Aussage aufzunehmen. »Anzeige gegen unbekannt« lautete das Fazit, denn er wollte Fredl nicht direkt belasten. Diesen Konflikt würde er selbst austragen.

Nach einer kurzen Untersuchung durch einen Assistenzarzt, der keine Schäden feststellen konnte, wurde er wieder entlassen.

Bevor er jedoch seine Frau anrief, um sie zu bitten, ihn vom Krankenhaus abzuholen, musste er sich eine Variante des gerade Geschehenen überlegen, die gleichermaßen wasserdicht und wenig beunruhigend wäre. Als ihm jedoch bewusst wurde, wie ungern und unprofessionell er log, entschied er sich für die Wahrheit und wählte nicht seine Festnetznummer, sondern die Handynummer seiner Frau, um zu vermeiden, sich seinen Kindern erklären zu müssen.

»Schatz. Schreck dich nicht. Ich wurde gerade kurz im Krankenhaus behandelt. Ist aber alles gut. Ich bräuchte nur jemanden, der mich abholt. Kommst du schnell her?«

»Was ist denn passiert?«, fragte sie und klang dabei sehr besorgt.

»Ich hatte eine kleine Auseinandersetzung mit dem Fredl und da hat er mir Pfefferspray in die Augen gesprüht. War aber im Grunde eine Kurzschlussreaktion. Ist halt ein Depp!« Er versuchte, die ganze Situation herunterzuspielen. Nicht nur seiner Frau gegenüber, nein, eigentlich galten diese Worte mehr ihm selbst.

Zehn Minuten später holte ihn sein Schatz ab. Sie sagte zunächst nichts. Kurz bevor sie allerdings mit ihrem Toyota in die eigene Einfahrt bogen, platzte es aus ihr heraus.

»Sagst jetzt endlich, was los war, oder muss ich wütend werden?!« Sie stellte den Motor aus, blieb aber sitzen. Ohne weitere Umschweife erzählte er von Käthes Hang zu Körperkontakt, den ihr Freund Fredl wiederum ganz und gar nicht schätzte. Vom Angreifer am Sylter Strand, wie ihm nachgestellt wurde und der Überfall vor der Praxis, nichts blieb unerwähnt. Auch seinen Verdacht, dass Fredl hinter allen Verbrechen und Gewaltausbrüchen steckte – sowohl auf Sylt wie in Bayern –, äußerte er unverblümt und schilderte alle Argumente, die er für diesen Verdacht gefunden hatte. Das gesamte Gespräch über wagte er es nicht, seine Ehefrau anzublicken. Er wusste sehr genau, was sie nun sagen würde.

»Ja sag mal, spinnst du eigentlich? Wieso sagst du denn nichts?«

Ja, spann er denn eigentlich? Wieso hatte er nichts gesagt? Tatsächlich hatte er sich diese Frage bereits selbst gestellt, während er noch möglichst harmlos über das Geschehene berichtete.

Er erwartete eine weitere wütende Ansprache, doch seine Frau beugte sich herüber und umarmte ihn. Verwirrt von dieser Reaktion fragte er: »Wieso schimpfst du jetzt nicht? Ich hatte eine Standpauke erwartet.«

Sie seufzte. »Wenn ich dich ausschimpfe, ist das wie mit Inara. Sie merkt zwar auch immer, dass ich schimpfe, aber hat keine Ahnung warum. Dasselbe Gefühl habe ich bei dir.«

Dieser Vergleich mit einer Boxerhündin schien ihm schon sehr gemein, aber er verstand nur zu gut, was sie meinte.

»Und wo wir schon dabei sind: Vorhin hat der Sylter Polizist angerufen und gesagt, dass der Angreifer gefunden wurde, der den jungen Mann so zugerichtet hatte. Er hat alles gestanden. Wohl auch, dass er dich am Strand angegriffen hat. Den Teil kannte ich also schon. Als der Polizist gemerkt hat, dass ich davon gar nichts wusste, hat er gefragt, ob bei uns noch alles in Ordnung sei. Die Frage habe ich mir auch gestellt, ehrlich gesagt.«

Nun hatte er seinen Schatz also auch noch in Verlegenheit gebracht. Noch schlimmer: All seine Erwägungen, die ihn Fredl verdächtigen ließen, lösten sich gerade in Wohlgefallen auf. Der Sylter Angriff ging also keinesfalls auf Fredls Konto. Wie sah es jedoch mit dem versuchten Überfall vor seiner Praxis aus? Ihm wurde schwindelig.

»Ich muss das jetzt erstmal sacken lassen. Können wir morgen darüber sprechen. Ich würde mich jetzt einfach über eine Brotzeit und ein Bier freuen.«

Sie ergriff seine Hand und drückte sie. Erst nachdem sie ihm ein Lächeln zugeworfen hatte, dass ihm durch und durch ging, stieg sie aus dem Wagen.

»Ich habe kalten Braten gekauft. Mach ma Brotzeit!«, hörte er ihre Stimme, bevor die Fahrertür zu fiel.

Was für eine Frau!

Der letzte Kampf

Am nächsten Morgen fühlte er sich nicht alt.

Und auch nicht fett.

Selten war er so leicht und luftig in den Tag gestartet. Hinter ihm lag ein wunderbarer Abend mit seiner Familie. Sie hatten eine kleine Partie »Watten« gespielt. In der einen Hand Karten, in der anderen Brotzeit, das war die einzig richtige Haltung. Genau dafür war die bayerische Physiologie geschaffen worden. Die Erleichterung, mit seiner Frau über all die Vorkommnisse gesprochen zu haben, wirkte Wunder.

Nach einem ausgiebigen Frühstück machte er sich wieder auf in seine Praxis.

Die Vögel zwitscherten und erfüllten dadurch die Natur mit Leben. An seinem Marsch zur Arbeit gab es nichts, aber auch gar nichts zu beanstanden. Kein Wölkchen am Himmel, kein Odel auf den Feldern. Hätte ihm jetzt jemand erzählt, er hätte im Lotto gewonnen, er hätte es geglaubt. Obwohl er gar nicht Lotto spielte.

An der Praxis angekommen, sah er den Hausmeister mit einem Schild hantieren.

»Morgen!«, begrüßte er den älteren Herrn im Blaumann.

»Morgen! Ihr Praxis-Daferl[7] ist gekommen. Wollen Sie das wirklich aufhängen?«

»Nein, eigentlich dachte ich, dass Sie das machen.«

»Ja, schon. Ich meine, mit DEM Namen.«

Wieder jemand, der dies für keine gute Idee zu halten schien.

»Ja mei, so heiße ich halt nun mal.«

Der Hausmeister stellte das Schild ab und ging einen Schritt auf ihn zu.

»Kein Mensch heißt so. Das gibts doch gar nicht.«

»Also, wie wir geheiratet haben, war ich noch Beamter. Da hielt ich einen Doppelnamen für eine gute Idee. Und wenn dieser dann noch Parteiverkehr aus meinem Büro halten würde, umso besser. Dass ich mal Osteopath sein würde, wusste ich da ja noch nicht.« Wieso ließ er sich überhaupt in die Defensive drängen?

»Mir ist es eh wurscht.«

Mit diesen Worten wandte sich der Handwerker wieder seiner Aufgabe zu.

Auch wenn er diese Diskussion beendet hatte, würde sie den ganzen Tag über in seinem Kopf herumspuken. Hätte er doch eine andere Bezeichnung für den Betrieb finden sollen? Andererseits: Wieso sollte er sich für seinen Namen schämen? Prinzipiell war er gern anders als die anderen. Manche schwammen mit dem Strom, manche gegen den Strom und er hatte meist nicht mal eine

---

7 Daferl = bayerisch für Täfelchen, Schild.

Ahnung, wo der Strom überhaupt hinfloss. Und das war auch gut so.

Die Praxis betretend registrierte er die laufende Entspannungsmusik. Käthe saß bereits am PC und tippte.

»Guten Morgen! Schon fleißig bei der Arbeit? Gut so!«, begrüßte er seine Angestellte.

»Morgen! Kann ich kurz mit dir reden?«

Er befürchtete eine Hiobsbotschaft.

»Klar!«

»Also. Ich habe mit Fredl Schluss gemacht. Er hat mir erzählt, dass ihr aufeinandergetroffen seid. Das tut mir sehr leid.« Er machte eine abwehrende Handbewegung, um ihr zu zeigen, dass er ihr daran keine Schuld gab. Doch Käthe redete einfach weiter. »Jedenfalls habe ich ihm gestern noch von einem befreundeten Anwalt einen Brief schreiben lassen, den ich ihm in die Hand gedrückt habe. Darin stand, dass er mich in Ruhe lassen muss.«

Als sie Luft holen musste, meldete er sich zu Wort.

»Käthe, eure Beziehungsprobleme gehen mich nichts an. Ich grolle ihm nicht. Ehrlich gesagt habe ich ihm ein Säckchen Brezensalz an den Kopf geworfen, bevor er mich angriff.«

»Wieso?«

»Was wieso?«

»Wieso hast du ihm das Säckchen an den Kopf geworfen?«

Diese Frage wollte er nicht beantworten. Dennoch tat er es.

»Ich wollte ihm Salz in die Augen streuen, um flüchten zu können. Dabei entglitt mir das Tütchen.« Käthe bemerkte, dass ihm dies peinlich war. Schnell sprach er weiter. »Lass uns einfach bei Null anfangen. Dein Privatleben musst du vor mir auch nicht ausbreiten. Von meiner Seite her ist alles gut.«

Sie lächelte und erhob sich. Er wich intuitiv zurück, erwartete er doch eine erneute Umarmung. Doch sie streckte ihm ihre Hand hin. Er ergriff sie.

»Besser. Viel besser.«

Der restliche Arbeitstag war genauso entspannt, wie sein Morgen. Nette Patienten, entspannte Gespräche und eine durch und durch professionelle Angestellte an der Rezeption. Seine Intuition bezüglich Käthes Anstellung hatte ihn nicht getäuscht.

Mit sich und seiner Welt zufrieden, löschte er abends das Licht und verließ die Praxis. Er hatte ordentlich Hunger, weil er mittags durchgearbeitet hatte. Doch nun erwartete ihn ein leckeres Abendessen im Kreise seiner Liebsten.

Beschwingt nahm er die Treppe und trat dann durch die Haustüre ins Freie. Direkt vor ihm stand ein Vermummter. Er trug dieselbe Mütze wie der Angreifer vor ein paar Tagen, ja, er hätte schwören können, es sei derselbe Schurke.

»Geld her!«, hörte er diesen sagen.

»Fredl?« Irgendwie wurde er den Gedanken nicht los, dass es sich bei dem Verbrecher um seinen Schulfreund handelte.

»Nein! Oder doch.«

»Bist du der Fredl, will ich wissen!« Er ging nun in die Offensive, sah dabei jedoch, dass der Vermummte ein Messer in den Händen hielt. Schnell trat er einen Schritt zurück.

In dieser Sekunde sah er aus dem Augenwinkel einen Schatten anrauschen und den Angreifer mit einem Sixpack Bier niederstrecken. Er konnte es kaum fassen.

Völlig außer Atem sah er Fredl über dem bewusstlosen Verbrecher stehen.

»Ich bin der Fredl, du Depp!«, sagte dieser, nun an ihn gerichtet. »Ich wollte mich bei dir entschuldigen, weil ich so ausgerastet bin. Ich dachte, du gehst mir an die Gurgel und wollte dir zuvorkommen. Deswegen das Pfefferspray.«

Gerne hätte er etwas erwidert, etwa die Frage, warum er ihm schon mehrmals an den Kragen gegangen war, doch ›Sprachlosigkeit‹ schien für den Zustand, in dem er sich nun befand, nicht auszureichen. ›Fassungslosigkeit‹ war wohl der richtige Terminus.

»Jetzt schau nicht so erschrocken. Der tut uns nichts mehr. Ruf die Polizei!«

Ohne den Blick von Fredl abzuwenden, holte er sein Handy aus der Tasche und verständigte die Polizei.

Fredl zog dem Bewusstlosen währenddessen die Mütze vom Gesicht. Sie standen vor einem völlig fremden älteren Herrn.

Bis die Polizei eingetroffen war und die Aussagen aufgenommen hatte, sprachen Fredl und er kein Wort miteinander. Doch nun musste er sich bei seinem Retter bedanken.

»Fredl, danke!«, eröffnete er das Gespräch.

»Sagen wir einfach, wir sind quitt. Wir haben übrigens einen Serientäter überwältigt, sagt die Polizei.«

»Du. Du hast das getan. Ich war mal wieder auf dem Rückzug. Ich werde mich nie wieder auf einen Kampf einlassen. Aber danke, Mann. Wie soll ich das jemals wieder gut machen?«

»Erzähl es der Käthe. Vielleicht kann ich dann nochmal mit ihr reden.«

Er war fest entschlossen, sich nicht einzumischen. Keinen Kommentar dazu abzugeben. Wie immer fiel er bei der ersten Gelegenheit um.

»Mach ich!«

»Super! Und jetzt trinken wir ein Bier zusammen. Dafür habe ich ja das Sixpack dabei gehabt. Inspektor Sixpack!«

Sie mussten beide lachen.

Was für ein Tag!

Eigentlich hätte ihm klar sein müssen, dass Bier einmal sein Leben retten würde.

Kreislauf des Lebens

Alt.

Er fühlte sich alt.

Mehr konnte er am nächsten Morgen kaum denken. Alt und fett. Aber vor allem alt.

Die halbe Nacht hatte er sich mit seiner Frau über die Geschehnisse unterhalten. Es war ein schönes Gespräch. Eines von der Sorte, wo alle Beteiligten ihre Gefühle ohne Grenzen ausdrücken können und man sich emotional näher kommt. Eines, von dem man über Wochen zehren kann. Und das einen danach nicht schlafen lässt.

Nach einer doppelten Dosis Koffein machte er sich auf den Weg in die Praxis. Er hatte sich für den ganz langen Weg entschieden. Dieser führte ihn an seinem Lieblingseinkaufszentrum der Kindheit vorbei. Dort hatte er als kleiner Junge sein ganzes Taschengeld ausgegeben. Für Ritter, Piraten und Cowboys. Ritterburgen, Saloons und Schiffe. Für all die genialen Spielsachen, die er noch heute alle paar Wochen im Spielwarengeschäft unter die Lupe nahm. Die er nur deshalb nicht kaufte, weil er dadurch Ärger mit seiner besseren Hälfte bekommen würde.

Als Jugendlicher dann, hatte er jeden Samstag den Laden aufgesucht, um in der Zeitschriftenabteilung die neuesten Magazine zum Thema Rockmusik zu lesen.

Und nun, da das Zentrum leer stand, suchte er es manchmal auf, um einfach davor zu stehen. Die verwaschenen Schriftzüge betrachtend, versetzte er sich zurück in seine Kindheit und schwelgte in Erinnerungen. Auch davon konnte er zehren.

Schon als er um einen Block herumbog und in die Zufahrt zum ehemaligen Kindheitstraum einbog, bemerkte er eine Veränderung. Das Einkaufszentrum war weg. Dort, wo einst die blau-weißen Betonmauern gestanden hatten, fuhrwerkten nun zwei Bagger in den Trümmern seiner Kindheit umher. Ohne zu zögern, schlug er sich mit der flachen Hand ins Gesicht. Kein Erwachen, er träumte also nicht.

Man fuhr tatsächlich mit schwerem Gerät durch die besten Erinnerungen, die er hatte.

Auf dem Gelände lagen Stapel von Styropor, Kabeln und anderen Materialien, die er nicht erkannte. Feinsäuberlich getrennt. Er sehnte sich nach der Möglichkeit, all dies wieder rückgängig zu machen. Es wie ein Konstruktionsspielzeug wieder zusammenzubauen.

Ohne Vorwarnung fühlte er sich getroffen. Hemmungslos liefen ihm die Tränen über die Wangen. Er konnte es nicht mehr mit ansehen. So schnell er nur konnte, drehte er sich um und ging weiter in Richtung seiner Praxis. Wie betäubt kam der dort an.

Neben dem Eingang fand er sein neues Praxisschild.

Der Kreislauf des Lebens. Ein Lebensabschnitt wird mit schwerem Gerät abgerissen und ein anderer beginnt.

In geschwungenen Lettern stand dort sein Name, für den er in den letzten Wochen einiges hatte einstecken müssen.

»Franz Xaver Folter-Knecht, Praxis für Osteopathie.«

Sollte die Namensgebung doch keine so gute Idee gewesen sein? Er wischte sich die Tränen aus dem Gesicht.

»Ach was! Ich bin anders. Das darf ruhig jeder wissen!«, sprach er zu sich selbst und öffnete die Tür zu seinem neuen Leben.

Ende

Rezept für weiße Brezen

Die Breze hat in Niederbayern einen sehr bedeutenden Stellenwert. Nicht nur hat sie sich umgangssprachlich vom letzten Buchstaben »l« befreit, nein, es gibt sie in vielen Varianten, die dem Gaumen auf mannigfaltige Weise zu schmeicheln vermögen. Gerne möchte ich die liebste Variante meiner Familie vorstellen und ein nachbackbares Rezept mitliefern: die Reichelt'sche weiße Breze. Diese dürfen übrigens nicht gleich groß sein, die gleiche Form haben oder gar zu perfekt sein. Je verhunagelter[8] sie aussehen, desto besser schmecken sie.

Was Sie brauchen:

- Wasser
- 500 g Mehl
- Trockenhefe
- Salz
- Brezensalz, grobkörnig
- Hunger

---

8 verhunagelt = unvollkommen, unförmig

Zunächst gilt es, einen einfachen Hefeteig herzustellen. Dazu benutze ich Weizenmehl Typ 550. Ein Pfund davon wird auf einem Holzbrett mit einem Päckchen Trockenhefe und einer Prise Salz gemischt. Anschließend wird daraus unter Hinzufügen lauwarmen Wassers ein Teig geknetet. Ja, Sie können natürlich auch eine Küchenmaschine benutzen. Mit den Händen macht es aber mehr Spaß, vor allem den Kindern, die ja hoffentlich mitarbeiten dürfen. Und mitnaschen natürlich!

Den so entstandenen Hefeteig gebe ich nun in eine Schüssel und lasse ihn zugedeckt mindestens eine Stunde gehen.

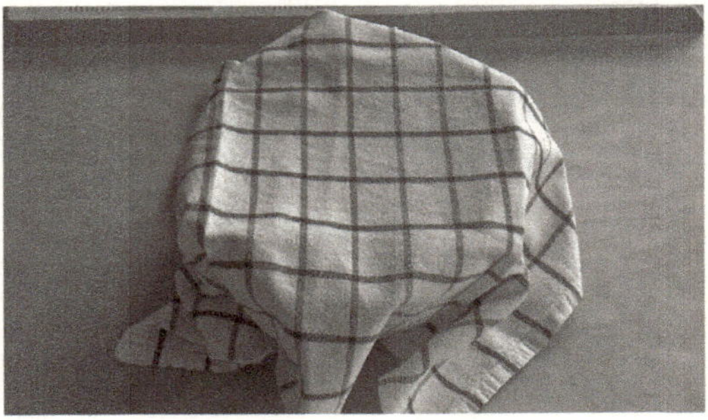

Wenn der Teig ausreichend geruht hat, steche ich mit einem Schaber 8 Stück ab, die dann zu Brezen geformt werden müssen.

Zu diesem Zweck rollen wir daraus schlangenförmige Würste, die an den Enden spitz zulaufen. »Würstln woigln« heißt dieser Schritt bei uns.

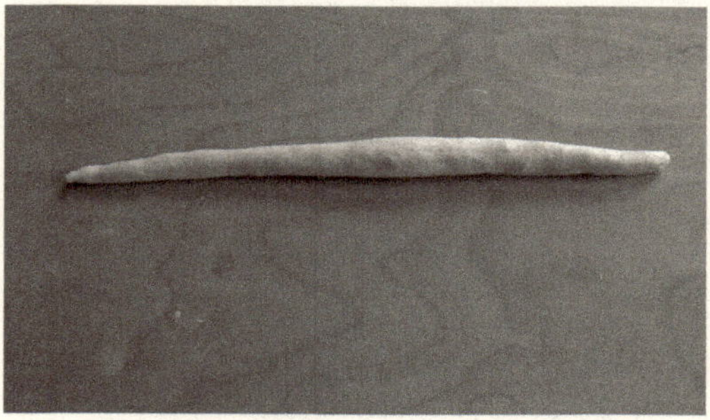

Nun legen wir sie in Bogenform, an den Spitzen überlappend auf das Brett, drehen die Enden ein zweites Mal umeinander und klappen diese dann nach oben, so dass sie auf dem Mittelstück unserer Teigrolle landen. Die Brezenform ist nun bereits erkennbar.

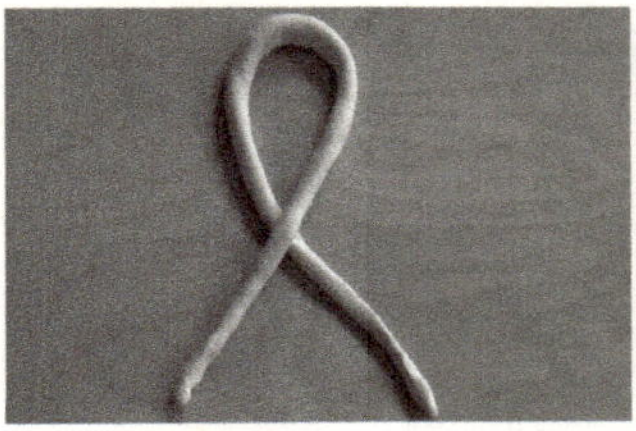

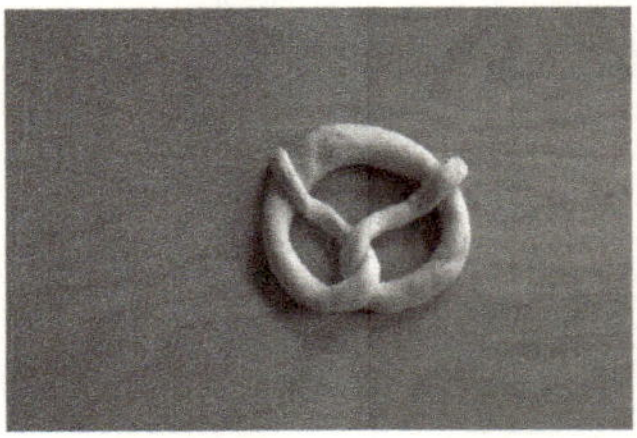

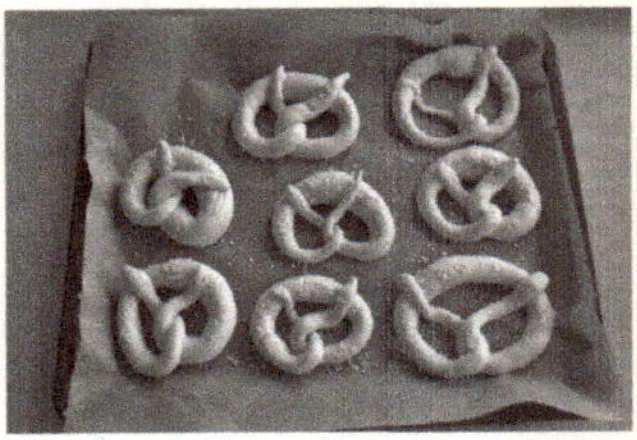

Diese Rohbreze kann man nun entweder mit Eigelb bestreichen, salzen oder in Lauge tauchen. Wir legen sie zu diesem Zweck auf ein Blech mit Backpapier, bepinseln sie mit wenig Wasser und bestreuen sie mit grobkörnigem Brezensalz. Dieses bekommt man bei jedem Bäcker, wie Sie im »Brezensalzer« hoffentlich bereits gelesen haben.

Sobald wir das Blech gefüllt haben, backen wir sie bei 180 ° – 200 ° C, bis sie goldgelb werden.
Zu den noch warmen Brezen reichen wir ›an Obazdn[9]‹, Streichwurst, panierte Milzwurst oder Weißwürste.

Ein Weißbier[10] ist der perfekte flüssige Begleiter.

An guadn!

9 eine bayerische Käsespezialität

10 Das Bier unterscheidet den Mensch vom Tier! (Ganz bestimmt von einem Bayern stammende Weisheit)

Danksagung

Zuallererst möchte ich mich bei meiner Familie bedanken. Ohne Euch wäre ich nicht auf so viele kuriose Ideen und Szenen gekommen. Ihr seid mein Ein und Alles.

Besonderer Dank gilt meinen Probelesern Matthias Schneider-Dominko und Bianca Weirauch. Ihr habt mir sehr geholfen, diesen Roman zu dem zu machen, was er ist. Sollte er Euch also nicht gefallen, seid ihr selbst auch ein bisschen schuld.

Abschließend möchte ich meinem Verleger danken, der dafür sorgt, dass möglichst viele Menschen über meinen schrägen Humor lachen dürfen.

Über den Autor

Andreas Artur Reichelt, Jahrgang 1977, lebt im ländlichen Niederbayern. Neben seiner Tätigkeit als Therapeut leitet er regelmäßig Seminare, vor allem zum Thema deutsche Epik und Literatur. Im Jahr 2015 trat er erstmals mit seiner Schreibe an die Öffentlichkeit. Es folgten mehrere Komödien, Novellen und Kinderbücher. 2016 wurde ihm in sechs Kategorien der Planet Award verliehen, unter anderem als »Autor des Jahres 2016«. Sein Erstlingswerk wurde als »Buch des Jahres 2016« ausgezeichnet.

Wenngleich er sehr für das geschriebene Wort schwärmt, gilt doch seine große Liebe seiner Familie. Und seinem Hund, dem »vermaledeiten Haderlump«.

Sie möchten mich etwas besser kennenlernen? Ich habe einige Interviewfragen zusammengestellt, die mir in den letzten Jahren immer wieder begegneten.

Wie lange schreiben Sie schon?

Als ich fünf Jahre alt war, begann ich zu schreiben. Insbesondere das Wort „Andi". Vor allem an Wände und Möbel. Spaß beiseite. Kreativität ist meine Art, mit dem Leben umzugehen. Anfangs habe ich die Malerei genutzt, um mich auszudrücken. 2009 fing ich an, Geschichten zu schreiben. Die Idee zu einem Roman war geboren, welcher 2015 fertig wurde und als „Saisonabsch(l)uss" das Licht der Welt erblickte. So gesehen begann meine Laufbahn 2015, wenngleich ich natürlich schon früher zu schreiben begann.

Haben Sie einen Lieblingsschreibplatz?

Mein Wohnzimmer. Im Schneidersitz auf dem Sofa. Im Schlafanzug. Nachts. Mit einem schnarchenden Hund zu meinen Füßen und einem Glas Rotwein auf dem Tisch. Mit loderndem Kaminfeuer. Kein schöner Anblick, aber sehr bequem.

Wovon werden Sie inspiriert?

Hauptsächlich inspirieren mich die alltäglichen Dinge und Beobachtungen. Es ist nur wichtig, Augen und Ohren offen zu halten und genau hinzusehen. Natürlich spielt dabei meine Familie eine Hauptrolle. Da erlebt man Dinge, darüber könnte man Bücher schreiben. Mache ich ja auch.

Wie denkt Ihre Familie über Ihre schriftstellerische Tätigkeit?

Meine Kinder finden es toll. Insbesondere wenn ich in ihren Schulen als Autor auftauche und Lesungen abhalte. Aber ich muss darauf achten, nicht zu viel Zeit darauf zu verwenden. Die Familie hat Vorrang. Immer.

Welche Art Literatur lesen Sie selbst?

Am meisten lese ich in der Bibel. Ein besonderes Faible habe ich für klassische Literatur: Sophokles, Schiller, Goethe. Aber besonders gern lese ich auch Novellen. Hauptmann, Thomas Mann. Außerdem bin ich ein Fan der alten drei Fragezeichen Bände.

Wohin würde Sie gerne reisen?

Seit Jahren führe ich dazu eine Top 5:

1. Australien
2. Island
3. Irland
4. Tokyo
5. Norwegen

Trinken Sie lieber Kaffee oder Tee?

Ich brühe mir am liebsten arabischen Mokka.

Bevorzugen Sie Schokolade oder Käse?

Ja.

Welcher Typ sind Sie: schwarz oder weiß?

Bunt.

Welche Jahreszeit ist Ihnen am liebsten?

Herbst, mit leichter Tendenz zum Winter.

Lesen Sie selbst lieber E-Book oder Print?

Print, Hardcover, möglichst in Leder gebunden. Manchmal lade ich Werke, die es nur als E-Book gibt, herunter, formatiere sie um, lasse sie mir ausdrucken und als Hardcover binden. Erst dann lese ich sie.

Wo verbringen Sie Ihren Urlaub?

Im Zelt.

Sind Sie ein Hunde- oder ein Katzentyp?

Hundetyp, »Caylee von Hötzlsberg« heißt mein Labrador.

Haben Sie Zukunftspläne?

Ja, ich wünsche, dass aus meinen Kindern aufrichtige, glückliche Erwachsene werden, die die richtigen Prioritäten im Leben setzen. Wenn es meiner Familie gut geht, fühle ich mich auch wohl.

Ihr Andreas Artur Reichelt

Bibliographie

„Saisonabsch(l)uss. Ein Bad Füssing Krimi“, Wellhöfer Verlag (978-3954281985)

„JoJo & Jules – Die Schatzsucher“, Twentysix (978-3740712310)

„JoJo & Jules – Im Erlebnispark“, Twentysix (978-3740726034)

„Die Flutnovelle“, Twentysix (978-3740714932)

„Ereigniskette“, BoD (978-3744812658)

„Das große Natur-Lesebuch“, zusammen mit M. Schneider-Dominco, Twentysix (978-3740727482)

„Die Zeitreisen des Bartholomeus von Bennigsbach – Band 1“, Twentysix (978-3740729738)

„Haderlump. Eine Bayernkomödie“, acabus Verlag (978-3-86282-509-7)

Weitere Titel im acabus Verlag

A.A. Reichelt

Haderlump
Eine Bayernkomödie

ISBN: 978-3-86282-509-7
BuchVP: 13,00 EUR
188 Seiten, Paperback

Zurück zur Natur – das ist sein Vorsatz. Vor allem jetzt, wo das niederbayerische Pfarrkirchen von einer Einbruchserie heimgesucht wird, erscheint die Anschaffung eines Hundes als das geeignete Mittel. Doch anstatt für Sicherheit zu sorgen, bringt Boxerhündin Inara das Leben der ganzen Familie erst einmal gehörig durcheinander. Mit dem ‚Haderlump', wie sie schon bald genannt wird, ist Chaos vorprogrammiert.

Doch auch die Einbrecher ruhen nicht. Und plötzlich sieht es so aus, als ob Haderlumps Herrchen durch eine Kugel sterben müsste – und das gehört wirklich nicht zu seinem Plan.

„Auch die Fortsetzung von ‚Saisonabsch(l)uss' steht für kurzweilige und amüsante Unterhaltung. Bei seinem skurrilen Kampf gegen das organisierte Verbrechen tritt das ‚Weichei' in so manchen Fettnapf und bringt sich in brenzlige Situationen, die den Leser mitfiebern, aber auch herzhaft lachen lassen" – Passauer Neue Presse

Katja Hirschel

Der Henker von Bad Berging
Noch ein Krimi aus Bayern

ISBN: 978-3-86282-437-3
BuchVP: 15,90 EUR
488 Seiten, Paperback

Das sind die Schlagzeilen, die Deutschland erschüttern. In Hamburg und kurz darauf in München werden abgetrennte Köpfe gefunden. Die Augen sind ausgestochen, vom restlichen Körper fehlt jede Spur. Ein Serienkiller ist am Werk und ruft Super-Profiler Jens Kessler auf den Plan und direkt in die bayerische Landeshauptstadt.

Im verschlafenen Bad Berging ahnt noch niemand das kommende Unheil. Auch Hauptkommissar Gerhard Maus weiß nicht, dass die pechschwarzen Wolken bereits über dem idyllischen Örtchen schweben. Als im heimischen Wildpark Leichenteile gefunden werden, ist jedoch schnell klar, dass sich die blutige Spur des Killers direkt nach Bad Berging zieht.

Die Jagd nach dem Mörder beginnt und Kommissar Maus bekommt Unterstützung von Kesslers Sondereinheit: High-Tech-Profiling versus traditionelle Polizeiarbeit – kriminalistische Tiefenpsychologie versus gesunde Menschenkenntnis.

Michaela Abresch

Kalt ruht die Nacht

Historische Kriminalgeschichten aus dem Westerwald

ISBN: 978-3-86282-538-7
BuchVP: 14,00 EUR
264 Seiten, Paperback

Kalt ruht die Nacht über dem Westerwald und lautlos wird in scheinbarer Beschaulichkeit erwürgt, erstickt und Gift gemischt.

Schwester Lucardis fährt der Schreck in die Glieder, als sie in der Nähe des Klosters Seligenstatt eine grausige Entdeckung macht. In Dernbach verbreitet ein Mädchenmörder nackte Angst unter den Dorfleuten. Wer kennt den Toten, den die Spielleute im Daubacher Stelzenbachforst finden? Und weiß die Hugenottin Josephine mehr über den mysteriösen Todesfall auf Burg Greifenstein, als sie zugibt?

Ob im Schutz des Dierdorfer Märkerwaldes oder im Schatten der Burg Grenzau … Michaela Abresch fädelt ihre Geschichten um Mörder, Opfer und Spürnasen gekonnt in die Atmosphäre Westerwälder Schauplätze ein. Sechsmal Spannung, sechsmal Nervenkitzel, sechsmal historisches Krimivergnügen.

Unser gesamtes Verlagsprogramm
finden Sie unter:

www.acabus-verlag.de
http://de-de.facebook.com/acabusverlag

acabus